余命一年と宣告された僕が、余命半年の君と出会った話

森田碧

ポプラ文庫ピュアフル

JN047775

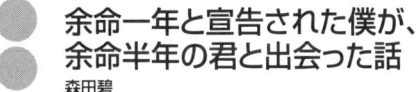

目次

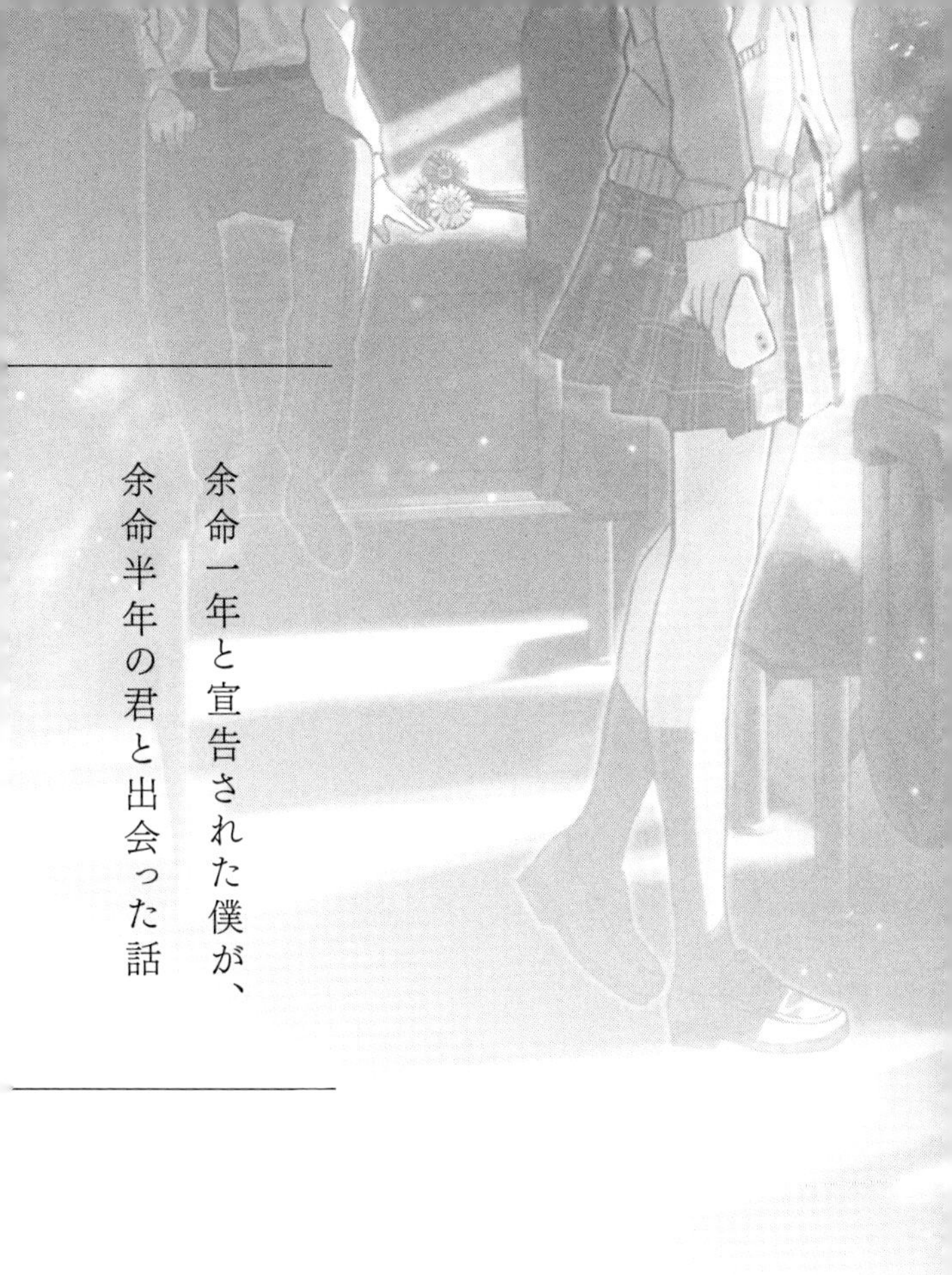

余命一年と宣告された僕が、余命半年の君と出会った話

期限付きの恋

ふと顔をあげると、窓に雨粒が張りついているのが見えた。静かな病室で絵を描いていただけなのに、まるで雨の音に気づかなかった。せめて退院の日くらいは清々しい青空であってほしかったな、と軽くため息をついて、再び視線を落とした。

右手に持った鉛筆を握り直し、ベッドテーブルに広げたスケッチブックに、軽快なタッチで細い線を引いていく。

大きな翼をバサッと広げ、自由に颯爽と大空を飛び回る鳥の絵を、僕はこの小さな病室でひとり寂しく描いていた。

一週間の検査入院も、ようやく終わりだ。同時に春休みも今日で終わる。

明日から僕は、高校二年生になる。というよりも、とりあえずなれた、と言うべきかもしれない。三年生になれる保証は僕にはない。

もう一度ため息をついて、サイドテーブルの上にある置き時計に目を向ける。母さんと妹が迎えに来ると言っていた時間まで、あと十分しかない。僕は急いで鉛筆を走らせた。

そして十分後、ようやく絵が完成した。描き終えたばかりの鳥の絵を眺めて、うんうんと頷く。

「八十六点かなぁ」と甘めの点数をつけた。

自分の描いた絵に点数をつけるのがここ最近のマイブームだ。入院中に何枚も絵を描いたが、この鳥の絵が最高得点だった。

描いた絵を満足げに眺めていると、扉がノックされた。僕が応答する前に扉が勢いよく開く。

「お兄ちゃん、迎えに来たよ」

顔を覗かせたのは妹の夏海《なつみ》だ。

「秋人《あきと》、体調はどう？　荷物、ちゃんとまとめた？」

夏海に続いて病室に入ってきた母さんが心配そうに言った。

「体調はいいよ。荷物はもうまとめてるから、いつでも出られるよ」

着替えが入った紙袋と、スケッチブックと漫画本がぎっしり詰まった紙袋を両手に持って病室を出る。右手に持った紙袋がずっしりと重い。持つところが千切れてしまわないか不安だ。

「今日はお寿司食べに行こう。秋人、好きだもんね、お寿司」

「べつに、なんでもいいよ」

僕はむすっと答えた。

「おっすし！　おっすし！」

夏海が嬉しそうに連呼する。まったく恥ずかしい妹だな、と苦笑した。

そのときだった。エレベーターに向かう途中の通路で、ひとりの少女が前方から現れた。

パジャマを着ているのでおそらく入院患者なのだろう。艶やかな長い黒髪を揺らしながら、彼女は姿勢よく歩いている。色白の肌に透きとおるような瞳が印象的で、僕は思わず目を奪われた。彼女の潤んだ瞳は、どこか遠くを見据えているようでもあった。

すれちがう瞬間、彼女と目が合った。一瞬の出来事だったのだが、ゆっくりと時間が進んでいるような感覚に陥った。目が合ったのはほんの数秒だった。それなのに何秒も、何分間も見つめ合っているような経験したことのない不思議な感覚に襲われた。

瞬きをすると、再び時が動き出したかのように彼女は歩き去っていった。なんとも言えない奇妙な出来事だった。

彼女はスケッチブックを小脇に抱えて歩いていく。僕は振り返り、目で追う。すると、談話室の窓際の席に彼女は腰を下ろした。そしてスケッチブックを広げ、なにやら絵を描きはじめた。

「お兄ちゃん？　エレベーター来るよ！」

通路の先で夏海が手招きをする。

「ああ、今行くよ」

そう言って僕は、夏海のもとへ向かう。曲がり角でもう一度振り返ると、彼女は眠たそうに小さく欠伸をしていた。

入院患者は年配の人たちばかりで、僕と同じくらいの歳の子がいるなんて知らなかった。彼女はどうして入院しているのだろう。

なんの絵を描いているのだろう。

帰りの車の中で、僕は名前も知らないあの少女のことを考えていた。

どうしてかは自分でもわからない。衝撃的な出会いだったわけでもない。その日から僕は、絵を描くたびに彼女のことを思い出すようになった。

近頃、窓の外をぼんやり眺めることが増えた。とくになにを見ているとかではなくて、風に揺れる草木や気持ちよさそうに空を飛び回る鳥たちをただ眺めている。そうしていると、悩み事を忘れて無心でいられる。ゆっくりと流れるその時間が、僕は好きだった。

「おい早坂《はやさか》！　余所見してないで授業に集中しろ！」

「……はい、すみません」

窓の外から黒板へ視線を戻す。そういえば、今は数学の時間だったと思い出した。教科担任の山崎《やまさき》先生が僕を睨んでいる。でも、そんなことはどうだっていい。僕には未来がない。数学を勉強したところで、なんの役にも立たないのだから。

頬杖をつき、もう一度外に視線を移す。桜の花びらが儚く散っていた。

「秋人、外見てたらまた怒られちゃうよ」

僕に小声で注意してきたのは、右隣の席に座る幼馴染の藤本絵里《ふじもとえり》だ。ニコッと愛らしい笑顔を見せ、彼女はポニーテールにした髪の毛を揺らして黒板の方に向き直る。

「うん、わかってる」

絵里は一生懸命ノートを取っている。ノートにはびっしりと数字が書かれていて、なにかの暗号のように見えた。それに比べて、僕のノートは真っ白だ。一枚ページを戻すと、そこには授業中の暇つぶしに描いた、絵里の横顔の絵がある。六十七点、と点数をつけたできの悪い絵だ。

僕にはこれといって趣味というものはないけれど、昔から絵を描くことが好きだった。窓の外をぼんやり眺めるのと同じで、絵を描いていると嫌なことを考えなくて済む。無心で、黙々と何本もの線を引いて絵を描きあげていく。そうしているうちに時間が流れて、いつの間にか授業は終わっている。僕の学習ノートは、今やスケッチブックになっていた。

「はい、今日はここまで。来月小テストやるから、今やったところ復習しておくように！」

山崎先生がそう言うと、授業の終わりを告げるチャイムが鳴り、本日の授業はすべて終了した。静まり返っていた教室は一気に騒がしくなり、勢いよく教室を飛び出していく生徒や、席に座ったまま談笑を始める生徒もいる。来月の小テストがどうだとか、このあとどっか遊びに行く？　だとか話している。小テストだろうが大テストだろうが、僕にはどうでもいいことだった。

「秋人、今日も部活行かないの？」

絵里が心配そうな眼差しで僕に問いかける。

「うん。今日も真っ直ぐ帰るよ」

「……そっか」

「じゃあ、また明日」

鞄を肩にかけて教室を出ようとすると、「ねぇ、秋人」と再び絵里に声をかけられ足を止める。

「なんか秋人、最近変わったよね。なにか悩みがあるならなんでも聞くから、遠慮しないで言ってね」

憂いを含んだ表情で真っ直ぐ僕を見て、絵里は言った。

「ありがとう。でも、大丈夫。部活頑張れよ」

絵里はなにか言いたそうに口を開きかけたが、僕はかまわず教室を出た。絵里はバスケ部で、僕は美術部に所属している。ここ数ヶ月は、ずっと部活に出ていなかった。

「あれ、秋人帰んの？　今日も部活出ないの？」

教室を出たところで、今度はちがうクラスの村井翔太《むらいしょうた》に声をかけられ、再び足を止めた。彼も幼馴染で、僕と絵里と翔太は小・中・高と同じ学校だ。翔太とはさらに昔、保育園の頃からの親友だ。短髪で爽やかな翔太はなんの特徴もない僕とはちがい、女子からの人気が高い。おまけにサッカー部のエースでもある。

「帰るよ。なんか怠いから部活はもう行かないかな」

「そうか。秋人、最近ずっと元気ないって絵里が心配してたぞ。なんかあったのか？」

「……いや、なんもないよ。じゃあな」

翔太もまだなにか言いたそうにしていたけれど、僕は彼に背を向けて歩き出した。

僕の悩みは重すぎる。人に相談して解決できるものなら、とっくに相談している。誰かに話したところで、どうにかなる問題でもない。きっと憐憫《れんびん》の目を向けられるだけだろう。だから、たとえ親友だろうと誰だろうと話すつもりはなかった。

歩いてバス停まで向かい、バスを待つ。

空を見上げると、雲ひとつない青空が広がっていた。けれど、これっぽっちも気持ちよくなかった。どうせなら、どんよりとした曇り空の方がよかったとさえ思う。

バス停には続々と同じ学校の生徒たちが集まってきて騒がしくなる。アホみたいに笑う彼らを見て、無性に腹が立ってきた。

「うるせーな、死ね！」

その言葉に、僕は反応してしまう。振り向くと、三年生の先輩たちがふざけてじゃれ合っていた。

『死ね』なんて言葉、軽々しく口にするな、と言ってやりたかったけれど、言葉を飲みこんだ。

かく言う僕も、昔はよく『死ね』という言葉を軽々しく使っていたのだ。友達と喧嘩をしたときや、ゲームで敵を倒すときにも頻繁に使っていた気がする。その言葉が、巡り巡って僕に跳ね返ってきたのかもしれない。

バスが到着すると、静かな一番前の席に腰掛けた。後ろの席は決まって三年生の先輩が座るので騒がしい。なので、僕はいつも空いていたら運転席のすぐ後ろに座る。今日もぼんやりと窓の外を眺めた。いつもと変わらない景色が流れていく。

九つ目の停留所でバスを降り、そこから十分ほど歩くと見慣れた自宅が見えてくる。また今日もあっという間に一日が過ぎていく。僕に残された時間は、あとどのくらいあるのだろうか。今の僕は、死刑執行を待つ死刑囚のようなものなのだ。近々死が確定しているのにその日がわからない。それがもどかしい。

――余命一年。高校を卒業できるかわからない。

今から約二ヶ月前、高校一年の冬、僕は医者にそう告げられた。絶望、その二文字が僕の頭の中を駆け巡った。

思い起こせば、僕は昔からなにかと運の悪い人間だった。というより、不運な方の当たりをよく引いていた。

たとえば小学生の頃、給食で僕のパンにだけ針が混入していたことがある。

中学生の頃、好きだったアーティストの野外ライブで、大勢の観客がいる中、僕の頭にだけ鳥のフンが落ちてきたこともあった。

さらには高校入試のとき、たくさんの受験生がいるにもかかわらず、僕の答案用紙だけ白紙のものが配られた。ほかにも例を挙げればキリがない。

おみくじを引けばたいてい、凶か大凶。スマホのゲームでも、ガチャを引けば必ずといっていいほど爆死する。

黒ひげ危機一発をやったときだって、僕は一刀目で当たりを引き当てる。

「お前、マジかよ」と言わんばかりの表情で、空中をくるくると回る黒ひげさんと目が合うことが何回もあった。

そして極めつけは高校一年の冬だ。僕にとって、最大の不幸が訪れた。

今まではべつに死ぬわけじゃないから、まあいいか、と軽く受け流してきた。しかし、今回はそういうわけにはいかない。

僕はまたしても、不運な当たりを引いてしまったのだ。


それはまだ寒さの厳しい二月のことだった。

学校の帰り道、自転車を漕いでいると突然激しい動悸に襲われ、呼吸困難に陥った。自転車を降りてうずくまっているところに、犬の散歩をしていたおばさんが偶然通りかかった。おばさんに背中をさすられ、犬に吠えられていると、いつの間にか周りに人がたくさん集まってきた。

「兄ちゃん、大丈夫か?」

「救急車呼ぶかい?」

大丈夫です、と僕は手でそれらを制し、なんとか起きあがって自転車を引き、その場を離れる。

近くの公園のベンチでしばらく休むと落ち着いたが、こんなことは初めての経験だったので親に報告し、念のため病院に連れていってもらった。

検査の結果、心臓に腫瘍が見つかった。非常に稀な病気で、進行具合や腫瘍の位置が悪いことから手術で取り除くことは難しく、打つ手はないのだという。

「もし俺が病気に罹って余命わずかだとしたら、遠慮なく告知してくれよ」

それは約半年前、祖母が癌を患い、余命宣告をされたときに僕が両親に告げた言葉だった。両親が祖母に告知するべきかどうか逡巡しているときに、僕が言い放ったのだ。

そのときは絶対にその方がいいだろうと思っていた。なにも知らずに死んでしまうより、事前に知っていた方が準備や覚悟ができる。本気でそう思っていた。しかし今になって、僕は後悔していた。聞かなければよかった、知らない方がよかった。今さら後悔しても、あとの祭りだった。

両親はなんの躊躇《ためら》いもなく僕を検査室に呼び、そして担当医の菊池《きくち》先生は静かな口調で余命宣告をした。

最初は意味がわからなかった。それが僕に向けられた言葉だと気づくのに、しばらく時間がかかった。ドラマや映画を見ているようでもあった。

余命一年だと告げられても、実感があるはずもない。心臓は痛くないし、呼吸だってあの瞬間以外はいつもどおりにできているのだ。あと一年で自分が死んでしまうなんて、まったく想像がつかなかった。

死を意識するなんて、もっと何十年も先だと僕は思っていた。それがまさか十六歳で直面することになるなんて、未だに信じられない。余命一年とはいえ、一年以上生きられるケースもあれば、その前に死んでしまうケースもあると菊池先生から聞いた。つまり、今の僕はいつ死んでもおかしくないのだ。

菊池先生はかつて僕と同じ病気の老人を担当し、余命一ヶ月と告げたらしい。しかしその老人は二年も生きた。そういう例もあると励ましてくれたが、助かるとは言ってくれなかった。

「秋人、おかえり」

静かに家に入ると、僕に気づいた母さんが言った。

「ただいま」

ボソッと呟いてその声に応じる。僕の病気のことを知っているのは、父さんと母さんだけだ。この春から中学生になった妹には言っていない。僕が死んでもこの家には妹の夏海がいる。だから、両親に寂しい思いをさせることはないだろう。

「お兄ちゃん、数学でわからないところがあるから教えて」

階段を上がり、二階にある自室に入って鞄を下ろすと、夏海がノックをせずに部屋に入ってきてそう言った。

「ああ、いいよ」

家ではなるべくいつもどおりを装う。両親は僕に気を遣って小遣いを多めにくれたり、どこか行きたいところはないかと聞いてきたりする。べつにないよ、と僕は素っ気なく答える。普段どおりの生活ができればそれでよかった。

妹の勉強を見終わり、パソコンを開く。

『楽に死ねる方法』

ここ最近はそんなことばかり検索している。

迫り来る死の恐怖に怯えるよりも、自ら死を選ぶ方がいいのではないか。この二ヶ月考えを巡らせた結果、僕はその答えにたどり着いた。しかし、僕には自ら死ぬ勇気がない。今日こそは死のう。いや、やっぱり明日にしよう。そう思い続けて何日過ぎたことだろう。きっと僕が自殺を決行するよりも、心臓が止まる方が先だと思う。

パソコンを閉じてベッドに大の字で寝転ぶ。しばらく放心したように天井を見つめる。僕はなぜ、こんなにも不幸な人間なのだろうか。僕はきっと世界一不幸な高校生だ。そう考え出すと止まらない。なにかしていないと、厭世《えんせい》的な気分になってしまう。

勉強机に座り、スケッチブックを開く。先日買ってもらったデッサン用の鉛筆を取り出し、描いていた絵の続きを描くことにした。

真っ暗闇の中に、ぼんやりと月が浮かんでいて、その下には川が流れている。水面に反射する月が幻想的で我ながらよく描けているな、と自賛する。まだ少し、明暗の調子が足りない。何本も線を描き足して最後の仕上げに取りかかる。

ここは実際に存在しているわけではなく、僕の想像で描いたデッサン風の絵だ。静寂に満ちた部屋に、シュッシュッと鉛筆を走らせる音だけが響く。その音には、えも言われぬ心地よさがある。この音を聞いているだけで心が安らいでいく。絵を描くということが、今の僕にはこの上ないほどに必要な時間だった。

ふいにひとりの少女の顔が頭に浮かび、僕は手を止めた。病院の通路で邂逅《かいこう》した、あの少女だ。彼女も今頃、ひとり寂しく絵を描いているのだろうか。僕は鉛筆を置いて天井を仰ぎ、ふうっと息をついた。


翌日も、僕はバスに乗って学校へ向かった。教室に着くと絵里に「おはよう」と声をかけられ、「おはよ」と短く返す。

一時間目の授業が始まり、今日もまたぼんやりと窓の外を眺める。それに飽きたらノートに絵を描きはじめる。なにを題材にするかはとくに決めていない。パッと頭に浮かんだものをいつも描いている。

今日頭に浮かんだのは一眼レフカメラだ。父さんが趣味で写真を撮っているので、何度も目にしたことがある。それを思い出しながら、細部まで丁寧に描写する。描き終わったところで授業は終わる。これを六回繰り返せばこの日の授業はすべて終わり、バスに乗って家に帰る。そんな毎日の繰り返しだ。

「やっぱり秋人、絵上手だよね。大学は美大に進むの？」

休み時間、絵里が僕のノートを覗きこんで言った。

「行かないよ、大学なんて。絵里はどうすんの？」

「行かないの？　……私はまだ考え中」

「そっか。まだ二年だから、ゆっくり考えるといいよ」

「そうだね」

僕の場合は行かないのではなく、行けないのだ。そうとは言えず、会話は終了した。

そんなこんなで、今日も何事もなく平和に過ぎていった。僕に残された時間は、あとどのくらいあるのかはわからない。その日が来るまで、ただ時間が流れるのをじっと待つことしかできないのだ。

病院に検査をしに行く予定だったので、僕は授業が終わるとすぐに学校を出て、バスに乗った。病院に着いて、しばらく待合室で待っていると名前を呼ばれ、検査に向かう。

いつもと同じような検査を受け、また待合室の椅子に座って待っていると、僕の目の前を通りかかった少女にふと目を奪われた。

肩まで伸びた黒い髪。顔色は決していいとは言えないが整った顔立ち。鉛筆のように細い体。薄ピンク色のパジャマを着た少女は、あの日と同じようにスケッチブックを片手に僕の目の前を通り過ぎていった。

僕は、彼女を知っている。ただ、彼女の名前や年齢、なぜこの病院にいるのかなどは一切知らない。これで彼女を見たのは二回目だった。

初めて見たその日から、絵を描くたびに思い出していた彼女がまさか、まだ入院していたなんて思わなかった。一瞬目が合っただけなので、きっと彼女は僕のことを覚えていないだろう。会計を済ませてから、僕は彼女のあとを追った。

四階の談話室。きっと彼女はそこにいると確信して僕はエレベーターに乗り四階のボタンを押した。エレベーターがゆっくりと上昇するにつれ、心臓が早鐘を打ちはじめる。これが心臓病からくる動悸ではないのは、はっきりとわかる。エレベーターの扉がゆっくりと開き、談話室へ向かう。

日当たりがよく、白く眩しい談話室に彼女はいた。窓際の椅子に座って一生懸命絵を描いている。僕は緊張して、しばらくその場を動けなかった。彼女は僕に気づく様子はなく、ひたすら鉛筆を動かしている。

このまま帰ろうか、それとも声をかけてみようか。逡巡したのち、僕は意を決して彼女に歩み寄り、口を開いた。

「あの……」

掠れた声が出た。僕の声に、彼女は振り向かない。もう一度、僕は声をかけた。

「あの……なんの絵、描いてるんですか？」

今度ははっきりと言えた。彼女は首だけで振り向き、その大きな目を瞬かせて不思議そうに僕を見る。同じくらいの年齢かと思っていたけれどやっぱり年下だろうか、上目遣いで僕を見るその表情は、どこか幼さを感じさせた。

数秒見つめ合ったあと、彼女は前に向き直り、止めていた手を動かして再び絵を描きはじめた。どうやら僕は無視されたようだ。しかし無理もない。彼女からはきっと、病気で入院している弱った少女に声をかける最低なナンパ野郎だと思われている。

僕はどうしたらいいのかわからず、その場に立ち尽くすことしかできなかった。もう一度声をかけようかと思っていたら、先に彼女が言葉を発した。

「そこ、座ったら？」

彼女は向かいの椅子に指をさして、僕を一瞥もせずにそう言った。かわいらしい声だな、と思った。

僕は言われたとおりに彼女の向かいの椅子に座った。しかし座ったはいいものの、それきり沈黙が流れる。

「それ、なに描いてるの？」

沈黙が気まずくて僕がそう訊《たず》ねると、「もう少しで描き終わるから、静かにしてて」と彼女は、まるで子どもに言い聞かせるように言った。

それから十分ほど静かに待っていると、「うん、できた」と彼女は自分の描いた絵を見て頷いた。

「できた？」

「うん、できた」

さっきよりもトーンを落として、彼女は言った。

「見てもいい？」

「どうぞ」

スケッチブックを受け取り、僕は完成したばかりの彼女の絵を見る。まるで写真のように美しく、僕の目はその絵に釘づけになった。色鉛筆だけでここまで綺麗な絵が描けるものなのかと感嘆した。

広がる青空に虹がかかっていて、気持ちよさそうに鳩が数羽飛んでいる。手前には色とりどりの花が咲いており、その向こうには川が流れている。

「綺麗な絵だね。ここって、実在する場所？」

あまりに美しい絵だったので、僕はそう聞いてみた。実在する場所ならば、ぜひ一度行ってみたいものだと思った。

「どうだろうね。実在するかもしれないし、しないかもしれないし」

彼女の曖昧な答えに、僕は首を傾げる。

「それ、どこだと思う?」と、彼女は僕に訊ねた。

「……わかんないけど、楽園に見えた」

きっと彼女は、楽園をモチーフにして描いたのだろうと想像する。イメージとしてはぴったりだった。

「楽園……かぁ。悪くない答えだね。でも、少しちがうかな」

「じゃあ、正解は？」

「天国」

「……天国？」

　僕が聞き返すと、彼女は「うん」と頷いた。それから「想像で描いてみた」と付け加えた。言われてみれば、天国に見えなくもない。行ったことがないのでなんとも言えないけれど。

「上手だと思うけど、どうして天国なんて描いてたの？」

　縁起でもない、と思ったがそれは言わなかった。

　彼女はなにも言わず、僕の手もとにある自分の絵を眺めるだけだった。

　少し気まずかったので、僕はなにとはなしにスケッチブックを一枚戻してみた。そこにも色鮮やかな美しい絵が描かれていたが、それを見て思わず息を呑んだ。

　青空の下には海があり、虹がかかっている。絵の中央には階段がある。空へと続く、虹色の階段だ。白いワンピースを着た後ろ姿の少女が、今まさにその幻想的な階段を上ろうとしている。まるで、これから天国へ向かおうとしているかのような、不思議な絵だった。

「その女の子、わたしだよ」

　彼女の描いた絵を眺めていると、ぽつりとそう呟いた。彼女は無表情で僕を見つめる。

「あ、そうなんだ。なんか……これから死にに行くみたいだね」

　冗談めかしてそう言うと、「そうだよ」と彼女は間髪を容れずに答えた。

彼女が真顔なので、僕は返答に窮する。

「わたし、もうすぐ死ぬの」

「え？」

僕の聞きまちがいだろうか。もうすぐ死ぬ、と聞こえたような気がする。

「今、なんて言った？」

「わたし、もうすぐ死ぬの」

彼女はそっくりそのまま同じ言葉を繰り返した。

「だから、想像で天国を描いてみたの」

彼女は表情を変えずに呟いた。僕はもう一度、彼女の絵に目を向ける。

描かれた少女は、虹色の階段を上り、そしてたどり着いたのが、つい先ほど描き終えた天国ということらしい。

僕は言葉を失い、彼女の絵を眺め続けた。初対面の僕に、そのような重大な秘密を打ち明けるものなのかと不思議に思う。いや、彼女は僕をからかっているだけかもしれない。そうであってほしかった。

「わたし、病気なの。何十万人にひとりしか罹らない、珍しい病気なんだって。小さい頃からほとんど病院で過ごしてるの」

彼女は平板な口調でそう言って、僕が手にしていたスケッチブックを取って再び色鉛筆で続きを描きはじめた。完成とは言っていたけれど、まだ天国の絵に納得がいってないのか、何本も線を描き足している。

「あと半年しか生きられないんだって、わたし」

　絵を描きながら、彼女は他人事のように言った。彼女があまりにも従容《しょうよう》としているので、その言葉に現実味が感じられなかった。けれど彼女が嘘をつく理由はないし、入院生活が長いということを僕は知っている。

「本当に、あと半年しか生きられないの？」

「うん、本当だよ」

　僕の問いかけに、彼女は手を休めることなく答えた。

「君は？　どうして病院にいるの？　誰かのお見舞い？」

「……うん。まあ、そんな感じ」

「ふうん、そうなんだ」

　言えなかった。僕も重い病気で、あと一年弱しか生きられないだなんて、彼女のように軽々しく言えなかった。なぜ彼女はこんなにも泰然としているのか。死ぬのが怖くないように見える。

「怖くないの？」

「なにが？」

　僕の質問に、彼女は質問で返す。僕の言わんとしていることはだいたいわかるだろうに。けれど、彼女は強がっている様子でもなさそうだ。

「もうすぐ死ぬかもしれないのに、全然怖くなさそうだなって」

「うん、べつに怖くないよ。あまり長くは生きられないって、けっこう前に言われてたから。むしろ楽しみかな。ずっと病院にいるより、天国の方が退屈しなさそうだし。景色も空気も、ここよりずっといいだろうしね」

彼女は一息にそう言って、描いていた手を止めて天国とやらの絵をまじまじと見つめる。無表情で、彼女の感情が読み取れない。ゆっくりとスケッチブックを閉じて彼女は立ちあがった。

「わたし、そろそろ病室に戻らなきゃ」

見舞い客が来るのか、なんらかの診察があるのか、彼女は談話室の壁にかけられた大きな時計を見て言った。僕も立ちあがり、彼女を見送る。本音を言えばもう少し話していたかった。

「いつもここで絵を描いてるの？」

ここに来ればまた彼女に会えるだろうか。期待を込めて僕はそう聞いた。

「病室か、ここかな。人が多いときはだいたい病室で描いてるよ」

「そっか。また、絵を見に来てもいい？」

彼女ともう一度会う口実を、僕は無理やりつくった。

彼女は数秒黙りこんで、「いいよ」と頬を緩めた。

「じゃあね」

彼女はスケッチブックを小脇に抱えて去っていった。僕はエレベーターに乗って一階へ下り、病院を出る。

帰りのバスの中で、僕はずっと彼女のことを考えていた。本当に彼女はあと半年の命なのだろうか。

僕よりも余命が短いというのに、彼女は飄々《ひょうひょう》としていた。あと少ししか生きられないとわかれば、普通の人間なら僕のように絶望し、何事も投げやりになったりするはずだ。それとも僕がおかしいのか。

彼女は自分の死を受け入れている様子だった。僕とは、まるで考え方がちがう。死ぬのが怖い僕と、死ぬのが楽しみな彼女。ここだけ切り取れば、彼女が異常に思えるがそうではない。それにあの美しい絵。ただうまいというだけではなく、いわく言いがたい魅力があった。彼女の絵はもちろんのこと、僕は彼女自身にも興味が湧いた。

バスを降りて、自宅までの道を歩いている途中で、そういえば、と思い出す。名前や年齢を聞くのをすっかり忘れていた。彼女の病気のことも気になったが、それは聞かない方がいいだろう。聞いても僕にはきっとわからないと思うし、彼女も語りたくないはずだ。

ため息をついて空を仰ぐ。空はオレンジ色に染まり、沈みゆく太陽は僕の頬を照らしている。

僕はあと何回、この美しい夕焼けを見られるのだろうか。センチメンタルな気分になりながら歩き続ける。今なら、いい絵が描けそうな気がする。

家に着くと、すぐに自室に入った。勉強机に座りスケッチブックを開く。新しいページを開き、迷うことなく鉛筆を走らせる。先ほど見たばかりの夕陽を黒鉛筆だけで描いていく。

「秋人？　帰ってきてるの？」

階下から母さんの声が聞こえたが、返事をせずに絵を描き続ける。鉛筆を寝かせて紙に擦りつけるように影をつけたり、鉛筆を立たせて細い線を描いたり。そうして一時間ほどかけて絵が完成した。

黒鉛筆だけで描いたせいか、やはりどこか味気ない。黒一色で夕陽を表現するのは難しい。けれど、自分ではそれなりに満足していた。いいものが描けたと毎度のことながら自賛する。八十二点、と点数をつけた。

スケッチブックを閉じて、天井を仰ぐ。白いクロス張りの天井が巨大なキャンバスに見えた。

ゆっくりと目を瞑る。黒いキャンバスに浮かびあがったのは、あの少女だった。名前もわからない、あの美しい絵を描く少女。また今度、会いにいこう。そう心に決めて目を開ける。

「お兄ちゃん、もう晩ご飯できるから、お母さんがあと五分したら下りて来なさいって」

妹の夏海が、今日もドアをノックせずに開けてそう言った。

「ああ、わかったよ」

返事をすると、夏海はすぐに部屋を出ていった。

五分後、部屋を出て階段を下りる。リビングに入ると「ごめん。ハンバーグまだ焼けてなかったから、あと五分待って」と、対面式のキッチンの向こう側から母さんが言った。

「えー、お腹空いたぁ」と、夏海がごねる。

ソファに座って夕刊を読んでいた父さんが、それを見て苦笑する。

まるでホームドラマを見ているような気分だった。こんな幸せな日常の風景は、いつまで続くのか。僕がいなくなったら、この幸せな家庭は壊れてしまうのだろうか。父さんや母さんは、泣いてくれるだろうか。

待ちきれなくてすでに箸を持っている夏海を見ながら、僕はぼんやりとそんなことを考えた。


五月が終わり、気づけば六月に入っていた。通学中に見かける草木が日々青さを増し、季節の移り変わりを実感する。次の五月には、きっと僕はこの世にいない。この時季に咲く花とも、この景色ともこれでお別れなのだ。そう思うと普段なにげなく見ていたこの風景が今は愛おしく感じられた。

生い茂る草木を眺めながら歩き、いつもの時間にバス停に並ぶ。時間どおりにやってきたバスに乗り、適当な席に腰掛けた。自宅の最寄りのバス停から乗ると、時間が早いため車内は空いている。そこから学校へ向かうにつれ徐々に人が増え、騒がしくなる。

心臓病が発覚する前は自転車で学校へ通っていた。家から学校まで自転車だと三十分ほどかかり、途中で坂道もある。通称、心臓破りの坂だ。学校へ行くには、その坂道を通らなくてはならない。

僕はそれでも自転車で通いたかったのだけれど、両親に説得され仕方なくバスで通うことにした。普段自転車で行動する僕にとっては、決まった道しか通らないバスは退屈だった。

「あ、秋人！　おはよう！」

バスを降りて俯きながら歩いていると、自転車に乗った絵里に後ろから声をかけられた。彼女は自転車を降りて僕と並んで歩く。

「おはよ」

彼女を一瞥して、また下を向いて足を進める。僕の病気が発覚する前は、毎朝絵里と一緒に自転車で登校していた。翔太はサッカー部の朝練があるとかで、いつも先に行っている。

「今日、天気いいね」

「……そうだね」

「今日、数学の小テストあるね。勉強した？」

「……してない」

「そう……」

最近の絵里と僕の会話はずっとこんな調子だ。絵里が僕に話しかけて、それに短く答える。彼女に「変わったよね」と言われた原因のひとつは、おそらくこれだろう。以前の僕たちの会話は、もっと弾んでいた。絵里と話したくないわけではないけれど、話すと心が痛む。なるべくなら、彼女と距離を置きたかった。

僕は小学生の頃からずっと、絵里のことが好きだった。小学一年生で同じクラスになったときから、中学、高校と一途に彼女だけを想っていた。しかし、今はもうその気持ちを失っている。なぜ失ったのか。それは説明するまでもなく、僕の病気のせいだ。このまま絵里に恋心を抱いていても、なんの意味も持たないのだ。

どのカップルや夫婦にも、必ず終わりは来る。永遠なんてものはない。そんなことは僕にだってわかっている。では、その終わりはいつ訪れるのか。それがわからないからカップルや夫婦というものが成立する。しかし、僕の場合はちがう。最初から終わりが見えている。だから、僕には人を好きになる資格なんてないのだ。たとえ彼女と付き合うことができたとしても、僕は彼女を幸せになんてできない。悲しい思いをさせてしまうだけ。

それに、翔太も絵里が好きだということを僕は知っている。

僕は彼女を諦め、彼女の幸せを願う道を選んだ。

「秋人、今日も体育見学するの？」

学校に着いて席に座ると、隣から絵里が聞いてきた。僕の気持ちとは裏腹に、二年になって同じクラスになり、さらに隣の席になってしまったのだ。

「……うん。今日も見学するかな」

「そっか。膝、痛むの？」

「うん、まあね」

　僕が体育を見学するのは、膝を悪くしたからだと適当に嘘をついた。自転車通学をやめたのもそれが理由だと話すと、絵里や翔太は信じてくれた。

　担任の先生や体育教師には、心臓病であることを正直に話して理解してもらっている。ほかの生徒には言わないでくれ、とも伝えている。ただ、余命については話していない。憐憫の目で見られるのが嫌だったからだ。それは両親だけで十分だった。

　菊池先生からは多少の運動なら問題はないと言われていたが、授業をサボりたかったので体育はどの種目でも見学している。ましてや今日の体育は長距離走だ。心臓病でなくても見学したいくらいだった。

「秋人は今日も見学かー。俺も膝痛くならねえかな」

「ほんと秋人が羨ましいよ」

　体育の授業が始まると、クラスメイトの男子たちにそう言われた。ははっと苦笑してそれらを受け流す。

　日陰に移動して彼らが走っている様子を眺める。今日は湿度も気温も高いせいか、みんな怠そうに顔をしかめて走っている。少し離れた場所では、女子たちが短距離走を行っていた。気づけば僕は、絵里を目で追っていた。もう、彼女のことは忘れなくてはならない。

成就することのない恋をしても、時間の無駄なのだ。

　この日もあっという間に時間は過ぎていった。授業中は相変わらず絵を描いて過ごした。どうしても勉強をする気になれない。数学の小テストは、当然だがほとんど解けなかった。でも、べつに気にしてはいない。どうせ僕はもうすぐ死ぬのだから、と都合のいい言い訳をする。

　授業がすべて終わり、教科書を鞄に詰めて教室を出ようとしたとき、絵里に呼び止められた。

「秋人、途中まで一緒に帰ろう」

「いいけど、部活は？」

「今日は休みだから大丈夫」

　絵里は白い歯を見せて笑った。ポニーテールにした髪の毛を揺らして、僕の前を歩く。ふんわりと甘い香りがした。

　駐輪場まで行き、絵里は鞄をカゴに入れて自転車を押していく。

「秋人、数学の小テストどうだった？」

「全然できなかったよ。半分くらいは埋めたけど、あとは全部白紙」

「ふうん、そっか」

　会話はすぐに途切れて、しばらく無言が続く。僕がいつも乗るバス停まではまだ距離があって少し気まずい。

「ねえ、秋人」

絵里が足を止めた。

「なに？」と僕は振り向く。

「膝が痛いって……本当は嘘なんでしょ？」

躊躇いがちに、彼女は言った。

「嘘じゃないよ」と僕は否定する。

「……ふうん。でも、やっぱり秋人変わったよ。なにがあったの？　ほんと、別人みたいだよ」

「別人……」

彼女の言葉を、僕は反芻するように呟いた。そうかもしれない、と妙に納得した。たしかに自覚がある。病気が発覚する前とあとでは、人生観や性格まで変わった気がする。こんなにネガティブな人間だったなんてと自己嫌悪に陥ることもしばしばあった。

「ねえ、なにかあったんなら、話して？」

潤んだ瞳で彼女は僕を見る。そんな目で見られたら、自ら手放した気持ちが蘇ってしまいそうになる。僕は顔を背けた。

「本当に、なにもないよ」

「だったら、どうして……」

その先は、彼女はなにも言わなかった。どうして変わってしまったのか、おそらくそう言いたかったのだろう。

「ごめん。もうバス来るから、行くわ」

そう言い残して、僕は彼女に背を向けた。

本当はすべて打ち明けてしまいたい。大好きだった絵里に、親友の翔太に、僕のこの忌々《いまいま》しい病気のことを話して慰めてもらいたい。

でも、打ち明けたくないという気持ちもある。自分の病気を受け入れられない今の状態で彼らに打ち明けてしまうと、僕はこの病気と向き合わなくてはならなくなる。まだ僕は普通の高校生でいたい。余命幾ばくもない憐れな高校生だなんて、誰にも思われたくない。自分でもそう思いたくない。

本当に自分がもうすぐ死んでしまうなんて、まだ信じていないのだ。心のどこかで、助かるのではないか、治るのではないかと淡い期待を抱いている。

しばらく歩いて振り返ると、もう絵里の姿はなかった。

家に着いてから僕は、とりあえずスケッチブックを開いたけれどすぐに閉じて、自分のこれまでの人生を振り返った。

約十六年と九ヶ月。あまりにも短くて、思わずふっと自嘲気味に笑ってしまう。僕はいったい、なんのために生まれてきたのだろうか。このままなにもせずに、終わりの日を迎えていいのだろうか。

昨年の春、絵里と翔太と三人で映画を観にいったことをふと思い出した。

その映画は高校生の男の子と、不治の病に罹った少女の物語だった。当然最後にはヒロインは死に、大方の予想どおりの結末を迎えた。

映画を観終わると、絵里と翔太は号泣していた。それを見て僕は「所詮はつくりものの話だから」と苦笑した。

僕は終始、その映画を冷ややかな目で観ていた。もうすぐ死ぬことがわかっている少女に、なぜこの男は恋をするのか、と不満だった。終わりが見えていないならともかく、確実に少女は死ぬ。最初から終わりは見えているのだ。少女が死んだあと、深い悲しみに襲われるのは目に見えているのになぜだ、と主人公の少年に感情移入ができなかった。

今思うと、腹が立つのは主人公よりもヒロインだ。彼女はもうすぐ自分が死ぬというのに、明るすぎる。なぜもっと絶望しないのだ、なぜそんなに屈託なく笑えるのだ、と思い出すだけでイライラしてくる。

そんな捻くれた考え方だから、僕は病気を患ってしまったのだろうか。

たしかその映画のヒロインは、死ぬ前にやり残したことをひとつひとつこなしていた。僕にもなにかやり残したことはないだろうかと考えた。しかし、なにも浮かばない。やりたいことなんてないし、行きたい場所もない。

こういうときは、人に頼るのが一番だ。そう思い、スマートフォンをポケットから取り出す。

『突然ですが質問があります。みなさんは自分がもうすぐ死ぬとわかっていたら、最後になにをしますか？』

某掲示板サイトに、そう質問をした。そのサイトは悩み相談など、どんな些細な質問でも書きこめる。明確な回答者は存在せず、偶然その質問を見た人が誰でも回答できる。僕も暇なときにこのサイトを覗き、適当に回答をしたことがある。質問者側になったのは、これが初めてのことだった。

回答を待つ間、しばらく絵を描いて時間を潰す。

『学校のグラウンドで長距離走をしているクラスメイトたち』

今回はそれをモチーフにして鉛筆を走らせた。ほんの数時間前に目にした光景だったので、スラスラと描ける。やはり、絵を描くと心がスッと軽くなる。これがなければ、僕はとうに命を絶っていただろうと本気で思う。

半分ほど描き進めたところで、携帯が鳴った。画面を覗くと、翔太からメッセージが届いていた。

『さっき、絵里から連絡来た。やっぱり秋人、なにか隠してるんじゃないのか？』

そのメッセージを見て、嘆息を漏らす。

『なにも隠してないよ。ふたりとも気にしすぎだよ』

そう返信を打って、携帯をベッドに放り投げた。

数分後、また携帯が鳴ったけれど、気にせず鉛筆を動かし続けた。

今日もまた一日を無駄に過ごしてしまったな、と考えながら黙々と絵を描く。

翌朝は、雨が降っていた。だから僕がバスに乗ってから三つ目の停留所で絵里が乗ってきた。目が合ったけれどお互いなにも言わず、彼女は僕のふたつ後ろの座席に腰掛けた。

学校に着いて、また今日も僕にとっては苦痛でしかない授業が始まる。普通に考えると、僕はもう学校へ行く必要なんてないのだ。もうすぐ死ぬ高校生が学校でなにを学ぶ必要があるのか。

それでも僕は、体が動く限り学校へ通い続けるだろう。学校では普通の高校生を演じ、家では平凡な家庭の長男を演じ、そしてひっそりと死にたいと思っている。

ぼんやりと窓の外を眺める。雨粒が窓に張りついて、外の景色にモザイクがかかったように見える。今日はノートにどんな絵を描こうか、なんて考えていると、ふと思い出してズボンのポケットから携帯を取り出した。国語の教科担任に見つからないように、こっそり画面を覗き見る。

昨日、ネットに質問を投稿していたのをすっかり忘れていた。正直、どうでもいい質問だった。ただほんの暇つぶしに、ほかの人は死ぬ前になにをするのか興味本位で聞いてみただけだ。

僕の質問には、十二件の回答があった。

『仕事を辞めて貯金を全部使って行きたい場所や欲しい物を買う』

『とにかく遊びまくる』

『親孝行をする』

『好きな人に告白する』

『中身を見られたらやばいから、パソコンを破壊する』

『海外旅行に行く』

などといった回答が多かった。

どれも、一度は考えたことのあるものばかりだった。

僕の貯金はほとんどない。欲しい物も行きたい場所もとくにない。遊びまくりたいとも思わない。親孝行はしたいけれど、それは妹の夏海に託そう。好きな人に告白は論外だ。気持ちを伝えてそれですっきりするとは思えないし、振られたら傷つくだけだ。返事はいらないと伝えるのも自分勝手な気がする。

それから僕のパソコンには人に見られたらやばいものはなにもない。僕の死後、夏海がなんの問題もなく使うだろう。海外旅行は行きたいとも思わない。日本にいる方がきっと安全だ。

回答を十件見終わり、次のページに進む。

残り二件の回答が表示された。

『どうせ死ぬなら、嫌いな人を殺して死ぬ』

これはさすがに考えたことはなかった。嫌いな人はいるけれど、殺したいほどではない。到底理解できない考えだ。

『会いたい人に、会いにいく』

最後の回答には、そう書かれていた。

会いたい人はいないと言えば嘘になる。四つ年の離れた大学生の従兄弟や田舎の祖父母。毎年正月には祖父母の家に遊びに行くのだけど、今年はインフルエンザに罹ってしまい、僕はひとりで留守番をした。最後にじいちゃんばあちゃんに会いにいくのも悪くない。

ほかに会いたい人はいるだろうか、と考えていると、パッと頭に浮かんだ人物がいた。

「おい早坂！　携帯没収するぞ！」

先生に見つかってしまい、慌てて携帯をポケットにしまう。

「すみません」

僕がそう言うと、隣の席の絵里が苦笑してこっちを見ていた。

放課後、僕はバスに乗って病院に向かった。〝会いたい人〟がその病院にいる。

あの回答に従うのは癪《しゃく》だけど、近いうちに彼女に会いにいこうと思っていた。あれからずっと、僕は名前も知らないあの少女のことが気になっている。彼女は今日も、絵を描いているのだろうか。名前はなんていうのだろうか。そんなことを考えているうちに、目的地に到着した。

バスを降りると、今朝から休むことなく降っていた雨は上がり、晴れ間が覗いていた。

病院に入り、傘立てに傘を挿してエレベーターへ向かう。

忙しなく歩き回っている看護師、待合室の椅子に座っている患者、付き添いの家族。それらを横目に、消毒薬の匂いが漂っている院内を闊歩し、エレベーターに乗る。迷わず四階のボタンを押した。

初めて声をかけたときのような、胸のドキドキはなかった。自分でもびっくりするほど今日は落ち着いている。

四階に着き、ナースステーションの前を通り談話室を目指す。談話室は、雨が上がったばかりの太陽の白い光で眩しかった。数人の患者とその家族らしき人たちが椅子に座っていたが、あの少女の姿はなかった。

窓際の空いている椅子に座って、彼女が現れるのを待つことにした。

しかし十五分ほど待っても彼女は現れない。

きっと病室にいるのだろう。また今日も僕の残り少ない時間を無駄にしてしまった、と後悔しながら立ち上がる。あの少女の病室がどこにあるかわからないし、ナースステーションで聞こうにも名前を知らない。いつもここで絵を描いている女の子、と言えば伝わるかもしれないけれど、そこまでしようとは思わない。そもそもこんな怪しいやつに、あんなかわいらしい少女の病室なんて教えてくれるのかどうかもわからない。今日はもう諦めて帰るとしよう。

ボタンを押してエレベーターを待つ。階下から上がってきたエレベーターは四階で止まり、扉が開く。僕の〝会いたい人〟が、そこにいた。スケッチブックを片手に無表情で僕を見ている。

「あ、君、また来たんだ」

エレベーターから降りて、彼女は表情を変えずに言った。予想外の展開に僕は声が出なかった。

「今日もお見舞い？」

「え？　ああ、そう。お見舞い」

僕がこの病院に来ている理由を、彼女にはまだ話していなかったのを思い出す。適当に誰かのお見舞いに来ている、という設定にしているのをすっかり忘れていた。

「ふうん、そうなんだ。もう帰るの？」

「えっと……また君の絵を見せてもらおうと思ってここに来たんだけど、いなかったから帰ろうとしてたところに君が現れたって感じかな」

僕が一息にそう言うと、彼女は一瞬頬を緩めたが、また無表情に戻った。

「今日、談話室混んでるから、わたしの病室来る？」

僕の返事を待たず、彼女は歩き出した。

ナースステーションの前を通って、角を曲がる。やはり、不治の病に侵された少女はこうであるはずだ、と僕は思った。彼女の表情は変化に乏しい。いつもどこか寂しげで儚い表情をしている。映画で観たあのヒロインのような、屈託のない笑顔は見せない。これが普通なのだ。ひとり頷きながら彼女の小さな背中を追っていると、一番奥の病室の前で彼女は立ち止まった。

「家族以外の人を病室に入れるの、すっごく久しぶり。どうぞ」

彼女はまるで、そこが自分の部屋であるかのように呟いて、ゆっくりと扉を開いた。

『桜井《さくらい》春奈《はるな》』、扉の横にはそう書かれていた。

中に入ると、ベッドはひとつしかなく、どうやら個室のようだ。

手前に清潔な洗面台があって、その奥には綺麗に整えられたベッドがある。その隣の窓の手前にはテレビもあり、窓の向こうにはオレンジ色に輝く夕陽が顔を覗かせていた。ベッドテーブルには、色鉛筆とスケッチブックが何冊も重ねて置いてあった。

「春奈っていうんだね、名前」

「ああ、うん。春に生まれたから春奈ってつけたんだって。単純だよね。もっと真剣に考えてほしかったなぁ」

ベッドに腰掛けて、彼女は苦笑した。続けて「君は名前なんていうの？」と、興味なげに僕の方を見ずに言った。

「季節の秋に人って書いて、秋人。うちの親も秋に生まれたからつけたって言ってた。ちなみに妹は夏に生まれたから夏海っていうんだ」

彼女は僕の方を見て、そうなんだ、と小さく笑った。やはり、彼女の笑顔はどこか切なさを感じさせる。

「じゃあ冬に生まれてたら、フユトになってたかもね」

「そうかもね」

彼女はスケッチブックを開いた。どうやら新品のようで、最初のページは真っ白でなにも描かれていない。

「これ、見てもいい？」

「いいよ」

ベッドテーブルに重ねて置いてあるスケッチブックの一冊を、僕は手に取って開いた。どこかの公園や学校の絵など、相変わらずの美しさだった。

「春奈……さんの絵、本当に上手だよね。絵画教室とか通ってたの？」

僕がそう聞くと、彼女はかぶりを振った。

「通ってないよ。絵を描きはじめたの、今年に入ってからだし。病院にいても暇だから、それまでは毎日本ばっかり読んでた。もう千冊以上は読んだかな」

彼女はそう言って、「それと、春奈でいいよ」と付け加えた。

まだ絵を描きはじめて数ヶ月だというのに、小学生の頃から描き続けている僕よりもずっと彼女の絵はうまい。悔しいけれど、この絵を目の前にすると認めざるを得ない。プロの画家が描いた絵だと言われても納得してしまうだろう。こんなペラペラの紙ではなくて、ちゃんとしたキャンバスに描けばいいのに、と思うほどだ。

「あれ、この学校……」

春奈が描いた絵の中に、見覚えのあるものがあった。それはまちがいなく、隣町にある中学校だ。近くに市営の公園があるので、よく自転車で前を通っていた。その学校には今どき珍しく、二宮金次郎《にのみやきんじろう》の銅像がある。金次郎が手にしている本の角が欠けているのを覚えていた。彼女が描いた絵の金次郎の本も、角が欠けている。

「その学校、わたしが通ってた中学校だよ。ほとんど入院してたから、そんなに思い入れはないんだけど、思い出しながら描いてみたの。その前のページの公園もそう。昔遊んだ近所の公園」

「そうなんだ。こんなに細かいところまで描いて、よく覚えてるね」

「なんとなく、こんな感じだったかなぁ……って思い出しながら描いてるから、もしかしたらちがってる部分もあるかもだけどね」

よく見ると、学校の絵や公園の絵にはふたりの少女が描かれていた。学校の絵にはふたりで仲良く登校している姿、公園の絵にはふたりでブランコに乗っている姿が描写されている。

「この絵の女の子は、自分を描いたの？　隣は友達？」

僕がそう聞くと「うん、まあ、そんなとこ」と、答えるだけで彼女は詳しくは語らなかった。

しばらく沈黙が続き、春奈は鉛筆を走らせ絵を描きはじめた。今日はどんな絵を描くのか興味津々だった僕は、黙って彼女の手もとを見続ける。

どうやら、海を描いているようだった。彼女が幼い頃、家族と訪れた砂浜だろうか。何度も手を止めて思い出しながら、時には練り消しゴムを使って細部を修正して絵を描き進めていく。彼女の真っ白で綺麗な指先に見惚れていると、「外、真っ暗だけど大丈夫？」と春奈は窓の外に視線を移して言った。彼女の言うとおり、いつの間にか陽は沈んでいた。

「もうこんな時間か。そろそろ帰らないと」

午後七時半を示している壁かけ時計をちらりと見て、僕は立ち上がる。携帯を見ると、母さんからメッセージが二件届いていた。僕の帰りが遅く、心配している内容だった。

「じゃあ、帰るから」

そう言って鞄を肩にかけ扉に向かうと、「あのね」と、春奈が僕を呼び止めた。

「わたし、こんなんだから友達がいなくて、お見舞いに来てくれる人も全然いないんだ。だから秋人くん、また暇なときにでも来てくれると嬉しいな」

春奈は僕に心を開いてくれたのか、人懐っこい笑顔を見せた。初めて見る表情に、これが普段の彼女の素顔なのだろうと思うと急に胸が苦しくなった。

彼女と僕には、おそらく心の底から笑える日はもう来ない。少なくとも僕はそうだ。たとえどんな僥倖《ぎょうこう》に巡り合えたとしても、心が満たされることはないだろう。心臓にある腫瘍が奇跡的に消えてくれたなら、心の底から喜べると思う。そんなこと、まずありえないけど。

「もちろん、また来るよ。その絵の続きも気になるしね」

「ありがとう。ほんと、暇なときでいいから」

「わかった。じゃあね」

春奈に軽く手を振って、僕は病室を出た。すっかり静まり返った院内を歩き、病院をあとにする。

彼女といると、心が落ち着く。次はいつ会いにいこうか。明日はどうだろう。いや、二、三日空けた方がいいだろうか。帰りのバスの中で窓の外を眺めていると、にやついた僕の顔が窓に反射していた。

自宅近くのバス停で降りて歩いていたら、母さんから三通目のメッセージが届いた。気づかなかったけれど、着信も二件来ていた。まったく心配性だなぁと苦笑して、早歩きで自宅に向かった。


翌日の数学の授業で、小テストの答案用紙が返却された。僕の点数は四十二点。この点数でも、僕にはまったくダメージはない。予想どおりだ。隣の席の絵里の答案用紙を盗み見すると、彼女は七十一点だった。数学が得意なはずの絵里にしては低い点数だった。

答案用紙をくしゃくしゃに丸めて鞄の中に放って、ぼんやり窓の外を眺める。本当に窓際の席でよかったと、心から思う。廊下側の席や真ん中の席だったなら、こんなふうに現実逃避はできなかっただろう。

今日は曇りのち雨と天気予報で言っていた。大降りにはならないと聞いたので、傘は持ってきていない。しかし、大雨になりそうなくらいの嫌な色の雲だ。やっぱり傘を持ってくればよかったかな、と後悔しながら、頭の中はすぐにちがうことを考えはじめる。

思い浮かんだのは、昨日の春奈のあの絵に描かれていた中学校だ。たしか僕と同じクラスの高田《たかだ》も、春奈と同じ中学出身のはずだ。彼女について、高田はなにか知っているかもしれない。休み時間になったら聞いてみるとしよう。そう考えていたら、「早坂！　余所見するな！」と、毎度のことのように先生に怒られてしまった。

昼休みになって、僕は急いで弁当を食べ校内を歩き回った。僕より先に弁当を食べ終わり、教室を出ていってしまった高田を捜していた。あまり彼とは話したことがない。一年のときはちがうクラスだったし、今は席も離れている。

だから僕は、高田が昼休みにどこでなにをしているのか知らないのだ。けれど、だいたいの見当はついている。彼は休み時間に本を読んでいることが多い。きっと図書室にいるだろうと予想して向かうと、案の定、彼はそこにいた。

図書室には本を読んでいる生徒や、勉強をしている生徒、読む本を物色している生徒などがいてそこそこ人が多い。普段本をまったく読まない僕は、この学校の図書室に入ったのはこれが初めてだった。図書室と言えばもっと閑静なイメージだったけれど、雑談を交わしている生徒もいるので、ここで高田と話をしても問題はなさそうだ。僕はひとりで本を読んでいる高田の横の椅子に座り、声をかけた。

「高田くんさ、ちょっと聞きたいことがあるんだけど」

高田は本を閉じて僕に顔を向ける。初めて話しかけたので、彼は意外そうな表情をしている。

「なんだい？」

彼は黒縁の眼鏡をくいっと押し上げて、訝《いぶか》しげに言った。

「高田くん、たしか青葉《あおば》中学出身だったよね？　桜井春奈っていう人、知らない？」

「……桜井春奈」

聞き覚えがあるのか、彼は「ああ」と頷いた。

「知ってる知ってる。一年のとき、同じクラスだったよ」

僕は高田が春奈を知っていたことよりも、彼女が同い年だったことにまず驚いた。

「ほんと？　彼女のことをいろいろ聞きたいんだけど」

「残念だけど、桜井さんのことはほとんどなにも知らないよ。彼女、体が弱くて休みがちだったから話したこともないんだ」

「……そうなんだ」

「彼女がどうかしたのかい？」

「いや、知らないならいいんだ。読書の邪魔して悪かったね」

あまり期待はしていなかったけれど、彼女が僕と同い年ということがわかった。それだけで十分だった。高田に背を向けて図書室を出ようとすると、「ああそうだ」となにか思い出したかのように彼は言った。

「E組の三浦《みうら》さん、たしか桜井さんと仲良かったはずだよ」

「E組の三浦さん？」

翔太と同じクラスの容姿端麗で人気のある三浦綾香《あやか》のことだろう。彼女に思いを寄せる男子も少なくないと聞く。

「そう。彼女も青葉中学出身だよ。まあ、僕は一度も話したことないけどね。桜井さんのことが知りたいなら、彼女に聞くのが一番だよ」

「そっか、ありがとう。そうするよ」

僕が礼を言うと、高田は眼鏡をくいっと押し上げて、文庫本を開いて続きを読み出した。初めてちゃんと話したけれど、話してみると意外といいやつだった。僕は踵《きびす》を返して図書室を出る。

今度はE組に向かおうとしたところで、昼休みの終了を告げるチャイムが鳴った。仕方なく、自分の教室に戻る。

放課後、僕は春奈のことを聞くため、鞄を持ってE組に向かった。なぜ僕はこんなことをしているのだろう、とふと疑問に思ったが、それはきっと絵を描くのと同じなのだ。なにかしていないと、なにかに夢中になっていないと嫌なことを考えてしまう。少しでも自分の病気を忘れるためにしているだけだ、と自分に言い聞かせた。春奈のことが気になって、もっと春奈のことが知りたいというわけでは決してない、と思う。

E組の教室の前で部活に行く途中の翔太に出くわした。

「おう、どうした？　秋人」

「ああ、いや、ちょっと三浦さんに用があって」

「三浦に？」

翔太は意外そうに目を見開いた。

「まあ、大した用事でもないんだけど」

「まだ教室にいると思うよ。ちょっと待ってろ」

そう言って翔太は教室の中へ入っていき、すぐに戻ってきた。不機嫌そうな顔をした三浦さんを連れて。

「じゃあ俺、部活行くから。またな秋人」

翔太は片手を上げて去っていった。

「それで、なんの用？　てか、誰？」

三浦さんはため息交じりに言った。もしかしたら彼女は誤解しているのかもしれない。きっとこうやって呼び出されることが頻繁にあるのだろう。彼女を呼び出して告白をして、玉砕している男子が多いのは知っていた。

「ちょっと、聞きたいことがあるんだけど……」

「なに？」

彼女は大きな目で僕を睨みつけるように見た。かと思ったら、すぐに目を伏せて退屈そうに長く伸ばした髪の毛の毛先を弄り出す。早くしてよ、と言わんばかりの態度だ。その仕草がどことなく蠱惑的《こわくてき》だ。

「えっと、桜井春奈って知ってるよね？　君と同じ中学の。三浦さん、彼女と仲良かったって聞いたから」

そう言うと、彼女は目の色を変えて僕を見た。怒っているのか驚いているのかわからず、僕は一歩あとずさる。

「あんた、なんで春奈のこと知ってるの？」

僕はもう一歩あとずさり、病院に行ったときに春奈と偶然知り合ったと説明した。三浦さんは「そう」と言って、教室に戻っていった。彼女にとってのＮＧワードだったのだろうかと焦っていると、彼女は鞄を持って教室から出てきた。

「途中まで一緒に帰ろう」

鞄を肩にかけて、僕の返事を待たずに三浦さんは歩き出す。僕は少し戸惑いながら、彼女のあとを追った。

「あの子、まだ入院してるのね」

校門を出たところで、やっと三浦さんが口を開いた。どこか切なく、物憂げな声だった。

「ずっと入院してるらしいよ。お見舞いに行ったりしてないの？」

たしか春奈は、友達がいなくてお見舞いに来てくれる人がいないと嘆いていた。

「最後にお見舞いに行ったのは、中学の卒業式が終わったあとだったかな。春奈、卒業式の二週間くらい前に体調崩しちゃって、入院したのよ」

「それは気の毒に……」

「あの子、泣いてた。卒業式だけは出たいって意気込んでたから。それっきりだよ、春奈とは」

「どうして会わなくなったの？」

僕の質問に、彼女は十数秒沈黙してから答えた。

「べつに、とくに理由はないよ。高校に入学していろいろ忙しくなったから。勉強とか、バイトとか」

「……そっか」

そんなの言い訳だと思ったが、口には出さなかった。春奈はきっと、僕なんかより三浦さんにお見舞いに来てほしいはずだ。彼女は今も、病室でひとり寂しく絵を描いているにちがいない。

「私バイトあるから、またね」

しばらく歩きながら三浦さんから春奈の話を聞いた。そして、彼女は駅前のデパートに入っていった。たしか三浦さんは、このデパートの中にあるファストフード店でアルバイトをしているのだと、誰かから聞いたことがあった。

僕がいつも乗るバス停とは反対方向へ来てしまい、仕方なく長い距離を戻る。戻る途中で、心配していた雨がやっぱり降り出してしまった。少し早歩きでバス停へ向かう。

帰りのバスの中で、三浦さんとの会話を頭の中で反芻した。ふたりは、幼稚園の頃からの仲で、小学校や中学校でも一緒だったようだ。春奈は体が弱く休みがちで、本当に友達がいなかったらしい。

中学は入学して二ヶ月足らずで入院してしまい、退院したのは半年後だったという。その後も入退院を繰り返し、学校よりも病院の方が友達が多かったようだ。病院でできた友達は、みんな春奈より先に退院してしまい、それっきりだという。三浦さんだけが、春奈の唯一の友達だった。そんな友達とも、今は疎遠になってしまった。理由はわからなかったけれど。

それから、春奈の病気のことも彼女は教えてくれた。病名はわからないが、とにかく珍しい病気だという。治療法もなければ特効薬もない、難しい病気なんだと三浦さんは言った。それ以上のことは、彼女はなにも言わなかった。春奈の余命が残りわずかだということを、彼女は知らない様子だった。

ふと、春奈が描いた絵のことを思い出す。春奈が描いた絵のもうひとりの少女とは、もしかすると三浦さんではないだろうか。ふたりで登校したことや、幼い頃に公園で遊んだ記憶を思い出して描いたのではないだろうか。もう二度と訪れないであろう日々を、きっと彼女は絵にしたのだ。

バスを降りて、自宅までの道を歩いている途中で夏海と一緒になった。吹奏楽の部活の帰りだったらしい。雨はすっかり小降りになっていて、傘も必要ないくらいだ。

「お兄ちゃん、なんか悲しい顔してる」

僕の顔を覗きこんで夏海は言った。

「そんなことないよ。それより、中学はもう慣れたか？」

「うん！　友達もできたし、部活も楽しいよ！」

夏海は快活にそう返す。

「そっか。勉強の方はどうだ？」

僕がそう聞くと「うーん」と夏海は唸るだけだった。夏海は小学生の頃から勉強があまり得意ではない。いつも僕が彼女の勉強を見てやっていた。

「まあ、わかんないとこあったらまた教えてやるから、いつでも言えよ」

「うん、そうする！」

そう言って無邪気に笑う。僕が死んだら、夏海はひとりになってしまう。これから先、夏海は僕がいなくても大丈夫だろうか。

しかし、自宅が見えて駆け出した夏海の元気な姿に、その心配はすぐさま消え去る。

僕の頭の中はまた春奈のことを考えはじめていた。次、いつ会いにいこうか。なにか、手土産を持っていった方がいいだろうか。

小さくなる夏海の背中を見つめながら、僕はぼんやりとそんなことを考えていた。

気がつけば、僕が余命宣告を受けてから四ヶ月が経っていた。ということはつまり、僕に残された時間はあと八ヶ月。まるで実感がなく、不思議な感覚だ。長い距離を歩くとたまに息切れをすることがあるくらいで、胸の辺りが痛いだとか、呼吸困難になるとか、そんなことは一度もなかった。

僕は自分の病気のことを何度もネットで調べた。

つまるところ、心臓腫瘍とは心臓にできる癌のことだ。心臓癌なんて病名は、僕は一度も耳にしたことがない。それもそのはずで、通常であれば心臓に癌はできないらしいのだ。諸説はあるが心臓内は体の中で一番体温が高く、癌細胞が死滅してしまうのだとか。しかし、稀に悪性腫瘍ができることもあるようだ。本当に僕は、運が悪い。

そして恐ろしいことに、僕の病気は突然死することもある。だから、家族におやすみと声をかけて眠りについて、次に目覚めるのはいつものベッドではなく、僕の知らないどこか遠い場所の可能性もあるのだ。僕は常に、いつ爆発するかわからない爆弾を胸に抱えている。

一度深呼吸をして、自分の胸に手を当てて目を瞑る。ドクン、ドクン、と心臓が脈打つ音が聞こえる。その音はまるで、僕の命が終わるまでのカウントダウンのように聞こえた。

登校しいつものように教室に入ると、なぜだか視線を感じた。ひそひそと、僕を見て話している生徒もいる。

「秋人、E組の三浦さんに告白したって噂になってるよ」

席に着くと、隣の席の絵里が言った。

「いや、してないよ」

「なんか、OKされたんじゃないかって話してる人もいるよ。一緒に帰ってるところを見た人がいるんだって」

　昨日の帰り道、妙に視線を感じたのはそのせいか、と納得する。三浦さんはたしかに美人だが、僕のタイプではない。気の強そうな女子は苦手だ。

「ちょっと用があったから、途中まで一緒に帰っただけだよ」

　そう言って僕は、スケッチブックと化したノートを開き絵を描きはじめる。

　誰が噂を吹聴したのかは知らないけれど、そんなことはどうでもよかった。それよりも放課後、春奈に会いにいこうか、とノートに今朝見かけた野良猫を描きながら考えていた。

　僕はこの日も体育を見学し、その他の授業ではノートに絵を描いたり窓の外を眺めたりして過ごした。休み時間には、一度話しただけで友達と認定されたのか、高田が声をかけてきた。

「やあ、昨日三浦さんとは話せたかい？」

　眼鏡をくいっと押し上げて、彼はそう言った。

「ああ、おかげさまでね」

「それはよかった」

　最後にもう一度眼鏡を押し上げて、彼は自分の席に戻り文庫本を読み出した。もう少し、自分の顔のサイズに合ったものを買えばいいのに、と思いながら僕は再び絵を描いて時間を潰した。

放課後、僕は学校を出て自宅とは反対方向へ向かうバスに乗った。

僕の最近の小遣いの使い道は、専らバスの運賃だ。自宅から学校までは定期があるけれど、それ以外は自腹だ。毎月の小遣いは、高校生になってからは一万円。以前は前借りを母さんに頼んでも、無駄遣いしてばっかりだからだめだ、と言われていたけれど、僕の病気が発覚してからは、小遣いが足りなくなったらいつでも言いなさい、と優しくなった。僕はそれに甘えて、先月は小遣いとは別に二千円をもらった。だから、お金に関しては問題はない。春奈に花を買っていこうと思い、花屋に寄った。

病院の最寄りのバス停の、ひとつ前でバスを降りる。いつも何気なく窓の外を眺めているので、降りてすぐのところに花屋があることは知っていた。

そこは小さな花屋だった。店頭には色とりどりの花たちが、気持ちよさそうに日光浴をして並んでいる。花屋なんて、足を踏み入れるのは人生で初めてだ。僕は躊躇いつつも店内に入る。

濃厚な花の香りに鼻腔を刺激されながら、几帳面に並べられた花たちを吟味する。花に関する知識がまったくない僕は、どれを選べばいいのかわからずに店内をウロウロと歩き回る。

紺色のエプロンを着けた四十代くらいの優しそうな女性店員は、注文があったのか花束をつくっている様子だった。彼女は僕を一瞥するだけで、なにも言ってこなかった。

僕はてっきり服屋なんかと同じで、「どんなお花をお探しですか？」とすぐに声をかけられるものだと思っていた。

「友人のお見舞いに持っていきたいのですが」と返答しようと考えていただけに、どうしていいかわからず、とりあえずよさそうなピンク色の花の鉢を僕は手に取った。

花ってこんなに高いのか、と少し驚きながらレジに向かうと、女性店員は手を止めて僕に微笑みかけた。

「熱心に選んでたみたいだけど、彼女さんにプレゼント？」

「いえ、友人のお見舞いに持って行こうかと思いまして」

「あら、それならこのお花はやめておいた方がいいわよ」

僕がレジに置いた花を見て、彼女は言った。僕が選んだ花は、鉢植えのアンゲロニアという花だった。

「鉢植えはね、根がついてるから根づくって言って、それが寝つくっていう言葉を連想させるから縁起が悪いの」

「……はあ、そうなんですか」

仕方なくもう一度選び直す。僕が悩んでいると、「そうねぇ」と彼女はレジを離れて「これなんかどうかしら」と鮮やかな彩りの花を薦めてきた。色はさまざまでオレンジやピンク、黄色など、綺麗な花だった。

「それ、いいですね」

「ガーベラっていうんだけど、お見舞いにはこのお花がおすすめよ」

「じゃあ、それにします」

「はい。何本買ってく？」

「うーんと、四本……いや、待てよ」

四のつく数字は縁起が悪いから、と言われそうな気がして言葉を止めた。三本だと少ない気もするし、花束にすると多すぎて値段が高くなってしまう。

「五本ください」

右手を顔の前で広げてそう言った。

「五本ね。色はどうする？」

「じゃあ、ピンクで」

なんとなく女の子はピンクが好きだろうと浅薄な考えだけど、無難な色を選んだ。

「ピンクのガーベラの花言葉は『崇高美《すうこうび》』。大切な人に送るにはぴったりよ」

「すみません。やっぱりピンクやめます」

そういうことは最初に言ってほしい。なんだかキザな感じがして気が引けた。

「それなら、何色にする？」

「ほかの色の花言葉も教えてください」

「そうねぇ、赤は『燃える神秘の愛』。オレンジは『冒険心』や『我慢強さ』。黄色は『究極の愛』。白は『希望』や『律儀』だったかな」

「へー、なるほど」

赤と黄色は却下。消去法で残ったのはオレンジと白。『希望』の白がよさそうだが、なんだかお見舞いに白い花だけというのも味気ない。

などと悩んでいると「そうそう。ガーベラ全体の花言葉は、『希望と前進』よ」と彼女は言った。

「じゃあ、一本ずつください」

花屋を出て、歩いて病院へ向かう。花を買うだけでこんなに苦労するとは思わなかった。お見舞いに花を持っていく人は、ちゃんと考えて買ってるんだなぁ、と見えない誰かに感心しながら、病院に到着した。

清潔感のあるベージュのリノリウムの床の上を歩き、エレベーターに乗り四階で降りる。ナースステーションの前を通り、談話室へ向かう。そこに春奈の姿はなかった。

ではは病室だろう。踵を返し、もう一度ナースステーションの前を通り、彼女の病室へ向かう。病室の扉をノックして彼女の返事を待った。しかし、十秒、二十秒待っても返事はなかった。もう一度ノックをして、悪い気はしたけれど扉を少しだけ開けてみる。

春奈はベッドに横になっていた。帰ろうかと思ったけれど、花を置いていこうと中へ入る。彼女は寝息を立てず静かに眠っていた。

まるで日焼けなど生まれて一度もしたことがないような、真っ白な肌の彼女は、縁起でもないけれど死んでいるように見えた。相変わらず、ベッドテーブルにはスケッチブックが数冊重ねて置いてある。

洗面所に空の花瓶があったので、水を入れてそこに五本のガーベラを挿した。それをベッドテーブルに置いて、横にあった丸椅子に座る。彼女が起きる気配がないので、スケッチブックを手に取り開いた。

前回来たときに、彼女が描いていた海の絵があった。青い空に白い雲、輝く太陽にエメラルドグリーンの海。白い波もしっかりと描写されている。少し黄色がかった砂浜には、レインボーのパラソルが刺さっていて、パラソルの下には白い椅子がふたつ。

やはり彼女の絵は美しい。このページを切り取って、僕の部屋に飾りたいくらいだった。次のページにも、彼女の新作の絵が描かれていた。

彼女が起きるまで、僕は空いているページに絵を描くことにした。なにを描こうかと周りを見回す。少し悩んで、僕が持ってきたガーベラをモチーフに選んだ。置いてあった色鉛筆でサッと描いて十五分ほどで絵は完成した。七十八点かな、とまずまずの点数をつけた。

僕は普段、絵を描くときに色鉛筆は使わないけれど、意外と色を使うのも悪くない。なかなかよく描けたな、とひとり悦に入っていると春奈が目を覚ました。

「……秋人くん？」

彼女は目を擦りながら体を起こした。

「ああ、ごめん。寝てたからもう帰ろうと思ってたんだけど」

「ううん、また来てくれたんだね。ありがと。絵を描いてたの？」

「うん。勝手にスケッチブック使ってごめん」

「いいよ、べつに。なにを描いてたの？」

僕は彼女にスケッチブックを手渡した。

「お花？　秋人くん、絵上手だね」

「そうかな」

春奈の絵に比べたら、僕の絵なんて子どもの落書きのようなものだ。彼女は僕の絵を眺めたあと、ベッドテーブルに置いてあるガーベラに気がついた。

「綺麗なお花。秋人くんが持ってきてくれたの？」

「うん、まあね。ガーベラっていう花なんだけど、『希望』とか、『前進』っていう花言葉があるんだよ」

先ほど花屋のおばさんから聞いた知識を、僕はそのまま披露した。

「そうなんだ。希望かぁ」

オレンジ色のガーベラを一本手に取り、春奈は儚げにそう言った。

その様子を見て、買う花をまちがえただろうかと不安になった。考えてみれば彼女には希望なんてないのだ。あと数ヶ月で死ぬことが確定している人間に、希望の花を贈るなんて失敗だった。僕も彼女と同じような立場だけれど、僕が希望の花を贈られたらきっと捨ててしまうだろう。それか、皮肉に感じて踏みにじるかもしれない。僕は彼女が今、どんな顔をしているのか怖くて見られなかった。

「ありがとう。わたし、お花好きだから嬉しい」

顔を上げると、春奈は優しく微笑んでいた。そしてすぐにまた、表情は戻る。いつもと同じ、少し寂しげにも見える無表情だ。

どうやら杞憂だったようで、僕はホッと胸を撫でおろした。

「そういえば、高田って知ってる？　春奈と同じ中学だったやつなんだけど。今、俺と同じクラスなんだ」

「高田？」

そう言って春奈は斜め上を見て考え出す。

「ちょっとわかんない。ていうか秋人くん、わたしと同い年だったんだ。わたしの方がお姉さんだと思ってたのに」

それは心外だった。僕だって春奈の方が年下だと思っていたのだ。

「俺もびっくりしたよ。俺の方がお兄さんだと思ってたから」

そう言うと、春奈はムッとして僕を睨んだ。

「じゃあ、三浦さんは知ってる？　三浦綾香さん。クラスはちがうけど、春奈と仲がよかったって聞いたんだけど」

春奈は目を見開いて僕を見る。なにか言葉を発しかけたが、すぐに口を噤んだ。

「あれ、知ってるんでしょ？」

彼女が黙りこんでしまったので、僕はもう一度聞いた。

「うん。知ってる」

「君の絵に描かれていたもうひとりの女の子って、三浦さんなんじゃないの？」

僕がそう聞くと、春奈はまた黙りこんでしまった。目を伏せて、なにか考えこんでいる様子だった。まずいことを聞いてしまったのだろうか、と話題を変えようと口を開きかけたところで、僕の口より先に病室の扉が開いた。

四十代前半くらいの綺麗な看護師だった。春奈の体調を確認しにきたのだろうか。邪魔にならないように、僕は立ち上がって壁際に寄った。

「あら、お友達？」

「うん、お見舞いに来てくれたの。秋人くんっていうの」

「そう。お友達が来てくれるなんて、珍しいわね」

「うん」

看護師は忙しそうに、春奈の点滴をチェックしたり、身の回りの備品を整えたりしていた。機敏に動き、要領よく働く様子を僕は感心しながら見る。

「なにかあったら、すぐに呼ぶのよ」

そう言い残して看護師は病室を出ていった。

入院生活が長いからなのか、ずいぶんと砕けた口調で話すのだなと思った。

「お母さんなんだ、今の」

春奈は少し照れ臭そうに言った。

ああ、そういうことかと合点がいった。親が働いている病院に入院するのは、なにかと都合がよさそうだ。

「そうなんだ。たしかに、言われてみれば似てたかも」

「よく言われる。ねぇ、秋人くんも絵を描くのが好きなの？」

春奈は言いながらスケッチブックの新しいページを開いた。

「うん、まあね。中学も美術部だったし、最近はサボってるけど高校も美術部なんだ」

「そうなの。じゃあ、大学は美大に進学するの？」

その質問は今まで、たくさんの人にされてきた。絵里や翔太、美術部の友達にも聞かれた。余命宣告を受けてからは適当にごまかしていた。

「……うん。その予定だよ」

「そうなんだぁ。画家になるのが夢なの？」

「うーん、なれたらいいな」

「そう」

思ってもないことを、僕は口にする。画家になりたいだなんて、今まで考えたこともなかった。僕の余命とは関係なく、もともと美大に通う予定もなかった。ただ好きだから、僕は絵を描いているだけなのだ。普通の大学に進学して、そこそこの会社に入社できればいい、としか考えていなかった。今はもう、そんなことを考える必要はなくなったのだけれど。

春奈は色鉛筆を使って絵を描きはじめた。

彼女の唯一の友達である、三浦さんとなにかあったのかと聞きたかったけれど、やめにして僕は立ちあがった。日が暮れはじめていたので、帰ることにする。早く帰らないと、また母さんから電話やメールが何通も来るかもしれない。

「じゃあ、またそのうち来るよ」

「うん。せっかく来てくれたのに、寝ててごめんね。待ってるね。お花、ありがとね」

春奈は眉尻を下げて笑い、小さく手を振った。

僕も手を振り返して、病室を出た。


次の日の授業中、僕はあの質問掲示板サイトを思い出していた。

僕が一番気になった、『会いたい人に、会いにいく』というあの回答。僕にはそれができても、春奈にはできない。たとえ会いたい人がいたとしても、会いにいくことができないのだ。来てくれるのを、ひたすら待つことしか彼女にはできない。

彼女が早く死にたいと言っていた理由も、わからなくはなかった。

幼い頃からずっと入院してばかりで、行きたいところにも行けず、したいこともできない。彼女にとって病院とは、おそらく少し快適な牢獄のようなものなのだ。春奈は人生のほとんどを病院で過ごし、そして余命宣告をされた。それがどれほど辛いことなのか、僕にすら計り知れない。

余命があとわずかなのは同じだけれど、僕には自由がある。そこが僕と春奈の大きなちがいだ。

春奈に会いたい人がいれば、彼女の病室に連れていきたい。お節介かもしれないけれど、きっと彼女にも会いたい人がいるだろう。

一日中、そんなことを考えていたら授業は終わった。

放課後、僕は真っ先にE組に向かった。

春奈が会いたい人は、きっとあの気の強そうな美少女だ。ふたりの間になにがあったのかは知らないけれど、春奈に会いにいくように僕は説得するつもりだ。昔の友達のお見舞いに行くだけなのだから、なにも問題はないだろう。

E組の前に到着すると、三浦さんが取り巻きの女子三人を引き連れて教室から出てきた。カラオケに行こうか、だとかそんなことを話している。

三浦さんは、僕と目が合うと足を止めた。

「えっと、早坂だっけ。なんか用？」

「春奈のことで話があるんだけど」

僕がそう言うと、彼女はわざとらしくため息をついた。

「ごめん、先に行ってて」

三浦さんは取り巻きの女子たちに軽く手を上げて言った。彼女たちはにやにやしながら僕の顔を覗きこむようにして去っていく。

「それで、話ってなに？」

三浦さんはその長い髪の毛を弄りながら怠そうに言った。彼女の癖なのだろうか。

「春奈のお見舞いに行ってほしいんだ」

「お見舞い？　なんで？」

「なんでって、友達なんでしょ？　彼女、三浦さんに来てほしいと思ってるよ」

「……それ、あの子がそう言ったの？」

「いや、言ってないけど、たぶん来てほしいと思ってるはずだよ」

「来てほしくないと思ってるかもしれないじゃない」

彼女の反論に、僕はなにも言い返せなかった。たしかに春奈は、三浦さんに来てほしいなどと一言も言っていない。きっとそうだろうと、僕が勝手に思いこんでいるだけなのだ。

「まあ、そのうち行くから。話は終わり？　終わりならもう帰るから」

僕は去ろうとした三浦さんの腕を摑んだ。

「そのうち？」

「なによ。そのうち行くって言ってるでしょ」

「そのうちって、君は知らないのか？　春奈は……」

もうすぐ死んでしまうんだ、という言葉を飲みこんだ。三浦さんはたぶん、そのことを知らない。

「なに？　言いたいことがあるならはっきり言いなよ」

摑んでいた手を振りほどき、三浦さんは僕を睨む。

「……なんでもない」

彼女の鋭い眼光に気圧され、僕は口を噤んだ。

「そう。じゃあね」

三浦さんは怠そうに鞄を肩にかけ、足早に去っていった。

僕が勝手に春奈の余命について話すわけにはいかない。そういう大事なことは、春奈の口から話すべきだと思った。


学校を出て、僕は今日も反対方向のバスに乗った。花屋へ寄ろうかと思ったけれど、ガーベラが一日で枯れるわけがないのでやめにした。

バスは花屋を通り過ぎ、例の病院の前に停まった。

春奈は今日、病室ではなく談話室にいた。何本もの色鉛筆を使い分け、儚い表情で絵を描いていた。僕は彼女の背後に回りこみ、スケッチブックを覗く。

ふたりの少女が、色鮮やかな浴衣を着て花火をしている絵だった。幼い頃の春奈と、三浦さんだろうか。彼女は遠い日の記憶を忘れないように、絵に描いているのかもしれない。

「秋人くん？」

僕の気配に気づき、春奈は振り返った。

「暇だったから、また来たよ」

そう言って春奈の向かいの席に座る。

「そっか。ありがとね」

春奈はスケッチブックを閉じて優しく笑った。

「体調はどう？」

「うん、今日はいいよ」

「それはよかった」

彼女の言葉どおり、顔色は悪くない。

「ほんとに暇さえあれば絵を描いてるんだね」

「ほかにすることないからね。なんか騒がしくなってきたから、病室行こっか」

ちょうどそのとき、中学生くらいの女の子が四人、談話室にやってきて賑やかになった。

そのうちのひとりは黄色のパジャマを着ており、入院しているようだ。ほかの三人はその子のお見舞いに来たといったところか。三人とも同じジャージを身に着けているので、おそらく部活仲間かなにかだろう。

僕らは席を立ち、春奈の病室へ向かった。背後から、彼女たちの甲高い笑い声が響いてきた。

春奈が席を立ったのは、談話室が騒がしくなったからではなく、黄色いパジャマの子たちが羨ましかったからではないだろうかと、春奈の寂しげな背中を見つめながら、僕は思った。

きっと春奈もあの黄色のパジャマの少女と同じように、たくさんの人にお見舞いに来てほしいはずだ。

彼女は誰に会いたいのか。僕はそれが知りたかった。

春奈の病室に着くと、彼女はベッドに腰掛けた。ガーベラの花は、僕を歓迎するように五本ともこちらを向いている。

「座ったら?」

彼女に促され、僕はベッドの横にあった丸椅子に座った。春奈はスケッチブックを開き、先ほど描いていた花火の絵の続きを描きはじめた。何色もの色鉛筆を使い、虹色に輝く花火の光を軽快に描いていく。

「春奈ってさ、なにかやり残したこととかないの?」

唐突にそう聞いてみた。春奈は手を止めて僕を見る。

「やり残したこと? うーん、ないかな。あったとしても、どうせできないし」

たしかに春奈の言うとおりだった。彼女はおそらく、もう退院はできないのだろう。もしかしたら外出すら許されないのかもしれない。

「じゃあさ、会いたい人はいないの?」

僕がそう聞くと「会いたい人かぁ」と、春奈は斜め上を見ながら考え出した。

「うん、いるよ」

　十秒ほど考えて、春奈はそう答えた。おそらく三浦さんだろうと思っていたが、春奈は「お父さんに会いたい」と言った。

「お父さん？　会ってないの？」

「うん、まあね」

「もしかして、離婚したとか？」

「うーん、まあ、そんな感じ」

　春奈は俯いて曖昧に答えた。会っていない理由をあまり話したくないようだ。

「わたしね、お父さんに会って、謝りたいんだ」

「なにを謝りたいの？」

　春奈はしばらく黙りこんだあと、視線を虚空に投げて口を開いた。

「わたしのお父さんね、旅行やスポーツが大好きな人だったの。娘といろんなところへ旅行に行ったり、大きな公園に行って体を動かしたりするのが楽しみだったみたいなの」

「うん」

「でもわたし、こんなんだからどこにも行けないし、スポーツなんてもっと無理だし、一回家族で旅行に行ったときも、途中で体調崩して帰ることになっちゃって」

　顔を曇らせて、春奈は話を続ける。

「わたし、お父さんに何度も悲しい思いをさせちゃってるから、謝りたいんだ。こんな体で生まれてきて、ごめんなさいって。健康な娘じゃなくてごめんねって」

春奈は沈んだ表情のまま、「もちろん、お母さんにも」と付け加えた。

「そんなこと、謝る必要ないよ。病気のことは春奈のせいじゃないんだし、誰も悪くないんだから」

半分は、自分に言い聞かせるように言った。「それに」と僕は言葉を繋げる。

「春奈のお父さん、どうしてお見舞いに来てくれないの？　娘が辛い思いをしてるっていうのに」

口調に怒気が混じってしまった。それは春奈の父親だけでなく、三浦さんに対しても同じ気持ちだった。

「しょうがないの」と、春奈は優しく笑った。

「じゃあさ、俺が連れてくるよ。春奈のお父さん。会いにいけないなら、俺が連れてくるよ。連絡先とか、住所わからないの？」

春奈はかぶりを振って、「大丈夫、ありがとう」と優しく微笑んだ。

そして最後に、「もうすぐ会えるから」と涙目で言った。

春奈の父親が亡くなっていたと知ったのは、それから数日後のことだった。

「もうすぐ会えるから」という春奈の言葉を、僕は勘ちがいしていた。彼女の父親は仕事かなにかで忙しく、それがやっと落ち着いて春奈に会いにくるのだろうと、僕は思いこんでいた。

その日、学校帰りに僕はまた春奈の病院に向かった。病室には、私服姿の春奈の母親が椅子に座っていた。僕が驚いて病室に入るのをやめようとすると、「よかったらこっち来て座っていって」と春奈の母親は声をかけてくれた。今日は非番で、午後から来ていたのだという。

春奈はあまり体調がよくないようで、昼頃からずっと眠っているらしかった。僕は椅子に座って春奈の穏やかな寝顔を見ながら彼女の母親と話をする。

春奈の小さい頃の話を聞いていると、春奈がどのように育ったのか、気になった。

病弱な春奈は小学生の頃、学校に行くことは少なく、家で安静にしているか病院で過ごすことが多かった。これは三浦さんから聞いていたので知っていた。優しくて、家族思いの子どもだったと彼女の母親は言う。

一度家族旅行へ行ったときも、本当は体調が悪かったのに父親のために嘘をついたらしい。倒れてから初めての家族旅行を自分のせいで壊したくなかったのだと、泣きながら両親に謝った。両親に心配をかけまいと、いつも春奈は強がっていたそうだ。

そして、小学校の卒業式があと一ヶ月に迫った二月のこと。彼女の父親は事故で亡くなった。

春奈の父親は、娘のお見舞いに来る途中で事故に遭った。事故の原因は、赤信号の見落としだったのだという。

春奈は父親の死を、自分のせいだと思った。

わたしが健康で入院していなければ、お父さんが事故に遭うことはなかった。赤信号を見落としたのも、きっとわたしのせいだ。いつも心配をかけていたから、お父さんは疲れきっていたのだ。だから赤信号に気づかなかった。こんな娘を持ってしまったお父さんは、きっとわたしを恨んでいるだろう。

春奈はそう思っているのだと、彼女の母親は言った。

僕はその話を聞いて、自分自身に対して無性に腹が立った。僕と春奈は考え方がまるでちがう。僕が病気になったとき、僕は理不尽にも自分の両親を恨んだ。

あの頃の僕は人生に絶望し、そのうえ憤慨していた。その怒りの矛先を自分自身や両親、さらには医者にさえ向けた。なぜ僕はこんなに珍しい病気に罹ってしまったのか。この両親の子どもだから、僕は病気になってしまったのだ。この医者は腕がないから手術ができないだけではないのか。などと関係ない人を憎んでしまった。

しかし、春奈はちがう。悪いのは自分ひとりだと彼女は思っている。僕はそれを聞いて、自分がいかに幼かったかを思い知らされた。

春奈の母親は、三浦さんのことも話してくれた。三浦さんは春奈のたったひとりの友達だった。家に遊びに来たり、近所の公園で遊んだり、病院に顔を出したりとふたりはずっと一緒だったようだ。

最近はすっかり顔を見せなくなってしまった、と春奈の母親も寂しそうだった。

浴衣を着て、庭で花火をしたこともあったらしい。やはり、あの絵の幼い少女は春奈と三浦さんなのだ。

それから、最近の春奈の話もしてくれた。彼女はこのところ、笑うことが増えた、と。それはきっと、僕と出会ったからだろうと彼女の母親は言った。僕はそんなことはないと否定したが、春奈は僕の話をよくするらしい。

「今日ね、また秋人くんが来てくれたんだよ」

「わたしの絵、秋人くん好きだって言ってくれたんだよ」

「今日はね、お花を持ってきてくれたんだよ」

そんな話を、春奈は笑顔で話すのだと教えてくれた。

結局、春奈は一度も目を覚まさなかった。

彼女の母親が「ハル、秋人くん来てくれてるわよ」と揺すっても起きない。一瞬辛そうな顔をして、起きたかと思えばまた眠ってしまった。今日はすごく体調が悪そうだった。いや、本当はいつも悪いのかもしれない。前回僕が来たときも、彼女は強がっていたのかもしれない。

「あの子と、これからも仲良くしてあげてね。ハル、秋人くんが来てくれるの、本当に楽しみにしてるみたいだから」

帰り際、エレベーターの前まで来てくれた春奈の母親にそう言われた。僕にはもちろん断る理由などない。むしろ、救われているのは僕の方なのだ。春奈といると、僕は悩みもなにもかも忘れられる。

「また、お見舞いに来ます」

頭を下げて、僕は病院をあとにした。


「秋人、最近帰り遅いけど、どこでなにしてるの？」

家に帰ると、母さんにそう聞かれた。

「ちょっと友達と遊んでる。心配いらないよ」

「翔太くんと絵里ちゃんと？　なにかあったら困るから、お母さん、秋人がどこでなにをしているか把握しておきたいの」

僕はいらいらし、ため息をついて頭を掻きむしった。

「べつに誰だっていいだろ。本当に大丈夫だから、気にしすぎだよ」

僕がいつもいる場所は病院なのだ。仮になにかあったとしても、病院だからなにも心配する必要はない。僕は母さんの返事を待たず、階段を駆けあがって自室に入った。

そしてすぐに後悔した。なぜ僕は親に優しくできないのだろう。過剰に心配されると、ついカッとなってしまう。僕は春奈のようにはなれない。

気を紛らわすために、スケッチブックを開いて絵を描いた。十分ほど描いて、うまく描けず紙をビリビリに引き裂いた。

僕は布団を頭から被り、「ああ！」と大声で叫んだ。

週が明けた月曜日、僕は体が怠くて学校へは行かず、部屋で寝ていた。時刻は午前十時。カーテンを閉め切った薄暗い部屋の天井を、ベッドに寝転びながら見つめる。

昨日と一昨日も、ずっと部屋に引きこもっていた。春奈に会いにいこうかと思ったけれど、熱っぽさを感じてほとんどベッドで過ごした。僕の体も少しずつ死へと向かっている。

ベッドから起き上がり、カーテンを開ける。初夏の陽光が目に沁みた。

のろのろとゆっくり制服に着替えて、部屋を出た。

「秋人、学校行くの？　朝ご飯は？」

玄関で靴を履いていると、母さんが心配そうな声で言った。

「いらない」

「そう。お弁当は？　休むと思ってたから、まだつくってないよ」

「適当になにか買って食べるからいい」

「……そう」

いってきますも言わずに、僕は家を出る。母さんが「いってらっしゃい」を言い終わる前に、玄関の扉を閉じた。

バスに乗って学校へ向かう。この時間のバスは、人が少なかった。いつものところで降りて、そこから学校まで歩く。

少し歩いて、足を止めた。踵を返してバス停に向かう。

やっぱり今日は学校をサボろう。サボッて、春奈に会いにいこう。ふと、そう思い立って、吸いこまれるように病院へ向かうバスに乗った。

最寄りのひとつ前の停留所でバスを降りて花屋に寄る。この前春奈の病室に行ったとき、花が萎れていたのを思い出したからだ。

「あら、いらっしゃい。今日もガーベラを買っていくのかな?」

花屋のおばさんは、僕のことを覚えていたようだ。

「はい。また五本、バラバラの色でください」

「はい、ちがう色ね。学校サボッて、お友達のお見舞い?」

おばさんは悪戯《いたずら》っぽく笑って言った。

「まあ、そんなとこです」

「そのお友達、もしかして女の子?」

「はい、そうですけど」

「そうかい。それなら、もう一本おまけしてあげる」

おばさんはそう言って、ピンク色のガーベラを一本追加してくれた。

「はあ、ありがとうございます」

五本分の代金を支払い、六本の花を受け取り店を出ようとしたとき、「あ、そうそう」とおばさんは言った。

「ガーベラはね、贈る本数で意味が変わるのよ。五本だと意味を持たないけど、六本には

『あなたに夢中です』っていう意味があるの」

　おばさんは得意げに笑った。

「あ、そうですか。あはは」

　精一杯の愛想笑いを返し、僕は花屋を出た。一本返そうかと思ったけれど、春奈が本数の意味を知っているとは思えないのでそのままもらうことにする。

　そこから歩いて病院へ向かう。朝からなにも胃に入れてないので、お腹がキリキリ痛んだ。でも食欲はなく、なにも食べる気にはなれない。

「あれ？　秋人くん、なんでこんな時間にいるの？　学校は？」

　病室に向かう途中で、春奈に出くわした。スケッチブックを持っているので、談話室で絵を描いていてこれから自分の病室に戻るところだったようだ。

「今日は午前授業だったんだ」

「ふうん」

　適当な嘘をついて春奈の病室に入った。彼女はベッドに座り、僕は丸椅子に座る。

「この前、来てくれてたんだってね。お母さんから聞いたよ。わたし、ずっと眠っててごめんね」

「いいよべつに。それより、また花持ってきたよ」

　すでに空になっていた花瓶の中に水を入れて、花を挿した。花屋のおばさんの話では、切り花は一週間程度しかもたないらしい。前持ってきた花は、おそらく枯れてしまったのだろう。

「ガーベラだったよね、そのお花。ありがとう」

春奈は花瓶を手に取り、六本のガーベラを愛おしそうに見つめた。

「秋人くん、わたしに夢中なの？」

そして、にんまりと笑いながら春奈が放った言葉にどきりとする。

「え、なんで？」

「わたしのお母さんね、学生の頃、お花屋さんでアルバイトしてたみたいなの。この前ガーベラについていろいろ教えてくれたんだ。六本なら、あなたに夢中ですっていう意味なんだって」

「ああ、そうなんだ。それは知らなかったなぁ。へぇ、そうなの。ふうん」

僕は素知らぬふりをしてごまかす。あの花屋のおばさんを少しだけ恨んだ。

「ねぇ、お母さんなにか言ってた？」

花瓶をベッドテーブルに置いて、春奈はそう聞いた。

「なにかって？」

「お母さん、わたしが寝てる間に秋人くんといろいろ話したって言ってたから、どんな話したのかなって」

「ああ、えっと、お父さんの話とか聞いたよ」

「……そう」

気まずい空気になってしまったので、話を変える。

「あと、三浦さんのことも聞いたよ。親友だったんだってね。やっぱり、会いたいんじゃないの？」

「どうだろうね」と、春奈は顔を背けて言った。

「今度、連れてこようか？」

「……ううん、いい」

「どうして？」

数十秒の沈黙があった。僕のお腹がぐうっと鳴って、気まずい空気を払拭する。春奈はクスクス笑いながら、観念したように口を開いた。

「わたしね、子どもの頃、大きくなったら病気が治るものだと思ってたの。今は辛くても、大人になったら治るんだ、ってずっとそう思ってた」

また少しの沈黙があって、彼女は話を続けた。

「大人になって病気が治ったら、たくさん親孝行しよう、行けなかった旅行に、今度はわたしが親を連れていこうって思ってた。でも、わたしの病気は治らない。わたしは大人になる前に死んでしまう。中学の卒業式の一週間くらい前だったかな……お母さんに打ち明けられたの」

ごくり、と僕は唾を飲みこんだ。彼女の母親は苦渋の決断の末、打ち明けたのだろう。

「ショックだった。わたし、死んじゃうんだ。今まで辛くても必死に耐えてきたのに、結局病気は治らずに死んじゃうんだ、って頭の中が真っ白になった。もうなにもかもどうでもよくなって、卒業式も出なかった。わたしは生まれたときから、長く生きられないって決まってたみたい」

僕は返答に窮して、相槌さえ打てないでいた。春奈はさらに続ける。

「お母さんにも強く当たっちゃったし、綾ちゃんにも酷いこと言っちゃったの。だからもう、来てくれないと思う」

春奈は目を伏せ、沈んだ表情でそう言った。

「そうだったんだ。でも、あと少ししか生きられないことを話せば、三浦さんも来てくれるんじゃないかな」

僕はやっとのことで言葉を発した。しかし、春奈はかぶりを振った。

「綾ちゃんには言わないで。心配かけたくないし、もうこのまま会わない方がお互いにいいと思う」

「本当にいいの？　後悔しない？　親友には、ちゃんと話した方がいいんじゃないかな」

それは、僕自身にも言えることだった。自分の言葉に胸が痛む。

「べつにいいの」

春奈はそれきり黙りこんでしまった。彼女には偉そうに言ったけれど、僕は自分の病気のことを誰にも話す気はない。もちろん、目の前にいる春奈にも。

「わたしね」

沈黙を破って、春奈は再び口を開いた。

「前にも言ったけど、もう早く死にたいって思ってる。早く死んで、生まれ変わりたい。今こんなに苦しんでるんだから、次はきっと健康な体で生まれ変われると思うし。だから、もういいの」

彼女は困ったように薄く笑い、またすぐに表情を戻した。

「なんか暗い話しちゃってごめんね。テレビ観る?」

春奈はリモコンを操作してテレビの電源を入れる。

ニュース番組が映し出されて、女子高生が飛び降り自殺をしたと報道されていた。春奈は無表情でその報道を見て、今なにを考えているのか僕には想像できなかった。

その夜、僕は春奈になんて声をかければよかったのだろう、と考えた。

「まちがっても自殺なんて考えたらだめだよ」

なんてセリフはブーメランのように自分に返ってくるので、言わなかった。少し前まで『楽に死ねる方法』を、ネットで検索していた僕が言えたことではない。

彼女の寂しそうな目が脳裏に焼きついていて、なかなか寝つけなかった。

翌日も僕は、春奈に会いにいった。今日は休まず学校へ行き、授業が終わってから病院へ向かう。

「屋上に行きたい」

しばらく病室で話していると、春奈はそう言った。まさか飛び降りたりしないだろうな、と僕は緊張しながら屋上へ向かったが、彼女は気分転換によく屋上へ足を運ぶのだという。

そこは敷き詰められた芝生に色とりどりの花が咲いていて、たしかに気分転換には最適な場所だった。

屋上には数人の入院患者と思われる人や付き添いの家族、スロープがあるのか、車椅子に乗っている人もいる。

「いいでしょ、ここ。わたしのオアシスなの。秋人くんにもそろそろ教えてあげようと思ってね。たまにここで絵を描くときもあるんだよ」

春奈は得意げに笑う。

「たしかにいい場所だね。今日なんか天気もいいし、眺めもいい。ここならいい絵が描けるかもね」

そう言って僕と春奈は、空いていたベンチに腰掛けた。屋上のフェンスは高くつくられていて、これなら大丈夫だろうと僕は安心した。余程元気な患者でない限り、よじ登って飛び降りることはできないだろう。

「ここで夕陽を眺めるのが好きなんだ。スケッチブック持ってくればよかったなあ」

すでに空はオレンジ色に染まっていた。

「スケッチブック、取ってこようか?」

「ううん、いいの」

優しく吹く風が心地よく、春奈の綺麗な髪を揺らす。この場所だけゆっくりと時間が流れているような錯覚に陥る。目の前の夕陽が沈むことなく、ずっとその位置にいてくれればいいのにと僕は思った。この美しい夕陽を浴びていると、僕の心臓の病気も治癒するのではないか、とそんな馬鹿なことを考える。

「秋人くんはいいね、未来があって」

彼女のその言葉に、ズキッと胸が痛んだ。

「……ないよ、未来なんて」と、僕はぼそりと答える。

「そんなことないじゃない。わたしの分まで、秋人くんは長生きしてね」

僕は返事をせずに黙りこんだ。返事をしない僕の顔を、春奈は不思議そうに覗きこむ。けれど、彼女はそれ以上なにも言わなかった。

それからも、僕は毎日のように春奈に会いにいった。

学校が終わるとすぐに教室を出て、バスに乗る。時には早退して向かうこともあった。友達の少ない僕は土日もたいてい暇なので、昼前に起きて午後から春奈の病院に足を運んだ。花が枯れていたらガーベラを五本買って、彼女の病室へ向かう。春奈は六本じゃないんだ、と少し不満そうにしていた。

花屋のおばさんにはガーベラくんと呼ばれるようになった。いつも同じ花を買っていく人を、おばさんはこっそりその花の名前で呼んでいるらしかった。その日、僕と入れちがいで花屋を出ていった女性のことを、おばさんは「今のはユリ子さんよ」と笑って教えてくれた。「はあ、そうですか」としか僕は言えなかった。

お見舞いに行っても、春奈が眠っていることが何回かあった。そういう日はきっと体調が優れないのだろうと、無理には起こさない。

黙ってスケッチブックを借りて一時間ほど絵を描き、それでも起きなければ帰ることにしていた。今では彼女のスケッチブックに、僕の描いた作品が数作ある。どの絵も彼女の描く絵には到底及ばない、落書きのような絵だ。それでも春奈は僕の絵を褒めてくれる。

春奈のそばにいるときだけ、僕は優しい気持ちになれた。不安や悲しみ、怒りといった負の感情を彼女は忘れさせてくれる。この小さな病室でのふたりだけの時間が、いつしか僕の光になっていた。

「見て秋人くん、お母さんに携帯買ってもらったんだ」

僕がまたいつものように春奈の病室に行くと、彼女は右手に持った白いスマートフォンを僕に見せた。

「なにかあったときにすぐにお母さんに連絡できるし、秋人くんともメールができるからずっと欲しかったんだ。携帯持つの初めてでよくわかんないから、お母さんが使ってる携帯の色ちがいのやつを買ってもらったの。いいでしょ」

彼女は嬉しそうに携帯を弄りながらそう言った。

登録の仕方がわからないと彼女が言うので、僕は携帯を受け取り、僕の電話番号とメールアドレスを登録してあげた。

その機種に触るのは初めてだったので、少しだけ弄ってみる。春奈の携帯のデータフォルダの中に、三十件ほどの写真が保存されていた。

「データフォルダ、見てもいい？」

「うん、いいよ」

一応彼女に断りを入れて、中を見てみた。そこにはガーベラをさまざまな角度から撮っている写真があった。真っ暗な写真も何枚かある。指でカメラのレンズを隠してしまったにちがいない。

それから、まちがって撮ってしまったのか、春奈のアップの写真もあった。それを残しているあたり、おそらく消去の仕方がわからないのだろう。

ほかにも、連写機能を使ってガーベラを撮っている写真があった。最初はガーベラが写っているのだけれど、途中からカメラがブレだし、最後にはなぜか天井が写し出されていた。推測するに、きっと彼女はまちがって連写機能を作動させ、そして連写の音に驚いて携帯を落としたのだろう。そのときの春奈の慌てぶりを想像して、僕は思わずクスッと笑ってしまった。

「なに笑ってるの？」

僕の様子を見て、春奈が不思議そうに言った。

「いや、なんでもないよ。いい写真がいっぱい撮れてるね」

そう言って携帯を春奈に返した。すると、彼女は急に僕にレンズを向け、写真を撮った。

「秋人くんの写真、保存しとくね」

彼女は悪戯っぽく笑い、そう言った。

翌日から、春奈から日記のようなメールが届くようになった。

『おはよう。今日は天気がいいですね。わたしは今、ご飯を食べ終わり、暇なので絵を描いています。秋人くんは今、授業中ですか？』

『こんにちは。今日は体調があまりよくないので、来なくて大丈夫です』

『おはよう。今日は体調がいいので、屋上を散歩しています。写真をいっぱい撮りました。でも送り方がわからないので、今度教えてください。それと、ガーベラの花が枯れてしまいました』

といった内容で、春奈の様子がわかるのが嬉しい。

『りんごジュース飲みたいから買ってきて。あと、スケッチブックがもうなくなっちゃうから、新しいのお願い』

おそらく母親に送ったであろうメールも、なぜか僕に届いた。

僕らは毎日のようにメールを送り合った。春奈はだんだん絵文字も使うようになって、今どきの女子高生のようなかわいらしいメールを打つようにもなった。

春奈とメールをするようになってから、僕は本当に彼女に夢中になっていた。春奈のことを考えているときは、自分の病気のことを忘れられる。絶望していた僕の毎日に現れた、春奈という光。彼女は僕の心を救ってくれた。

もうすぐ死んでしまう憐れな高校生に、神様が最後に夢を見させてくれているのかもしれない。

僕はもう、人を好きになってはいけないのだと思っていた。まもなく死ぬ人間が、誰かを好きになってなんの意味があるのか。恋人ができたとしても、相手を悲しませてしまうだけだと。

始まる前から終わりが見えている恋をするなんて、時間の無駄だとずっと思っていた。でも、こういう恋も悪くはないのかもしれない。相手が春奈なら、許されるだろうと僕は思った。もうすぐ死んでしまう者同士の恋なら、後腐れがない。

――僕の恋は、春奈が死ぬか、僕が死ぬか、そのどちらかで終わる。

僕はこの恋を、『期限付きの恋』と呼んだ。

夜空に咲く花

僕の病気は、本当に不思議な病気らしい。症状がまったく現れず突然死し、遺体を解剖した結果、そこで初めて心臓病が発覚したというケースもあるのだとか。

できれば僕も、徐々に弱っていくのではなく、突然死するのが理想だなと思っている。ただし、トイレで用を足しているときや、入浴中だけは御免被りたい。発見されたときに人に見せられない死に方だけは、死んでも死にきれない。夜眠りについて、苦しまずにそのままぽっくり逝くのが理想だ。

自室で絵を描きながら、そんなくだらないことを考えていた。

「秋人、ちょっといいか？」

ドアをノックする音とともに、父さんの声が聞こえてくる。

「なに？」

僕は振り返り、半身の姿勢で返事をした。

「あのな、もうすぐ夏休みだろ。久しぶりに、家族で旅行でも行かないか？　父さんも休みをもらうから、みんなで行こう」

部屋に入るなり、父さんはそう言った。秋人が元気なうちにという言葉を、父さんはあえて言わなかったような気がした。

「うーん、俺はいいから、三人で行ってきなよ」

僕が行かなければ、この旅行はなくなる。それを知っていながら、僕はそう冷たく言い放った。言いながらも、僕は素直になれない自分に腹が立っていた。

「いいじゃないか。母さんも夏海も、秋人と一緒に行きたいって言ってるぞ。行けるうちに、みんなで行こう」

「行けるうちにって、なんだよ」

自分に向けていた怒りを、今度は父さんに向ける。

「ああ、いや、そういう意味じゃないんだ。みんなで休みを合わせて、行けるときに行こうってことだよ」

「また今度でいいよ。夏休みは忙しいんだ」

父さんの方は見ずに、姿勢を前に戻してそう言った。

「……そうか。わかった」

父さんは掠れた声でそう言い、部屋を出ていった。

僕は描いていた絵を、鉛筆でぐしゃぐしゃに真っ黒に塗り潰した。

さっきまで、自宅のリビングで談笑する家族の絵を描いていた。僕は小学生で、夏海がまだ今よりもずっと小さかった頃の絵。その絵が見えなくなるまで真っ黒に塗り潰して、僕は泣いた。なぜかわからないけれど、悔しくて涙が止まらなかった。

できることなら、あの幸せだった頃に戻りたい。夢も希望も、未来もあったあの頃に。

涙は止まることなく流れ続けた。

ふいに机の上に置いていた携帯が鳴った。

『こんばんは。今日、体調がよかったのでお母さんと一緒に外出しました。一時間だけだったけど、近くの公園へ行ったり、買い物に行ったりしました。久しぶりに外に出られて、楽しかったです。秋人くんは今日、どんな一日でしたか？』

春奈からのメールだった。

僕は翌日になってから、返事を送った。

七月も半ばが過ぎ、あと一週間で夏休みがやってくる。おそらく、僕の人生最後の夏休み。僕は有意義に過ごすべく、なにをするべきか熟考した。

これ以上、残された時間を無駄に過ごすわけにはいかない。僕は改めて、例の質問掲示板を開いた。

暇つぶし程度に投稿した僕の質問には、さらに回答が増えていた。しかし、どれも似たような回答ばかりで、あまり参考にはならない。

多かったのは周りの人に感謝の言葉を伝える、貯金を全部使う、親孝行をするといった回答だった。

僕はそれらを踏まえ、夏休みにやることを考えてそれをノートに書き出した。

『春奈に会いにいく』、まずはこれだろう。彼女といる空間が、今の僕の心の安らぎだった。それから、『祖父母三人に会いにいく』と書いた。今年の正月は会いにいけなかったが、母方の祖父母はどちらも元気だ。

父方の祖母は現在、大腸癌を患い入院中だった。父方の祖母もまた、余命宣告をされており、あまり長くは生きられない。僕は一度、お見舞いに行こうと思っていた。父方の祖父は僕が生まれる前に病気で他界していた。

　その次に書いたのは、『三浦さんを春奈に会わせる』、というものだ。個人的には、これが一番達成させたいミッションだった。なんとか春奈の余命のことを伏せたまま、三浦さんを連れていく方法はないだろうか。言えばきっと来てくれるだろうが、春奈はそれを望まないだろう。

　次にノートに書いたのは、『僕の人生最後の作品を完成させる』、というものだった。スケッチブックに描くのではなく、ちゃんとしたキャンバスに僕の最後の絵を描こうと、ふと思いたったのだ。

　インターネット掲示板に『自分が生きた証を残したい』という回答があって、僕になにか残せるとしたら絵しか考えつかなかった。どんな絵を描くかはまだ決まっていないけれど、これもノートに書き留める。

　それから一時間ほど考えたけれど、それ以上ノートは埋まらなかった。最後に一応『親孝行をする』、と殴り書きで足して、ノートを閉じた。


「それで、なんの用？」

　夏休み初日、僕はファストフード店に足を運んだ。三浦さんに睨みつけられながら、僕はハンバーガーを齧る。

「これから春奈のお見舞いに行くんだけど、一緒にどうかなと思ってね」

三浦さんのバイト先に押しかけて、僕は彼女のバイトが終わるまで待ち伏せをしていた。二時間ほど待って、そそくさと帰ろうとしていた彼女を僕は捕まえたのだ。

「あんたもしつこいね。そのうち行くから放っといてよ」

僕が奢ってやったフライドポテトを食べながら、彼女は怠そうに言う。

「春奈から聞いたよ。三浦さんに酷いこと言っちゃったって。彼女、後悔してるみたいだよ。会ってやってくれないかい？」

三浦さんはポテトに伸ばした手を止めた。

「それ、本当？」

「本当だよ。だから、一緒に行こう」

三浦さんはしばらく黙りこんだあと、「今日は用事があるから、今度ね」と俯いて言った。その後は無言でフライドポテトを食べて、「またね」と言って彼女は去っていく。

よし、と心の中でガッツポーズをし、ハンバーガーをコーラで流しこむ。

それから店を出て、僕はバスに乗って春奈に会いにいった。

到着すると、春奈は病室で絵を描いていた。

「あれ、今日は私服なんだね」

「この前メールで話しただろ。今日から夏休みなんだ」

ああ、そっかぁ。と彼女は快活に言って鼻歌交じりに絵を描く。その様子を見て、今日は体調がいい日なのだろうなと僕は思う。

「最近ずっと暑いよね。わたし、夏は嫌いだなぁ。暑くて屋上に行けないんだぁ」

色鉛筆を器用に指でくるくる回しながら、彼女はそう言った。今日はとくに気温が高く、ここへ来るのも一苦労だった。

「でも、ここはエアコンが効いてるから涼しいね」

「うん、まあね。秋人くんの夏休みのご予定は？」

「とくにないよ。家でゴロゴロする予定しかないかな」

「それ予定なの？」と春奈は小さく笑う。

本当はやることがたくさんあるけれど、説明するのが面倒で言わなかった。

「でもさ、高校生の夏休みって、友達や好きな人と海に行ったり、お祭りに行ったり、花火大会に行ったりするものなんじゃないの？」

「うーん、まあ、そういう人もいるだろうね」

「もしかして秋人くん、友達いないの？」

「いないことはないけど、多い方ではないね」

「じゃあ、好きな人は？」

「いないことはないけど、多い方ではないね」

「なにそれ」

自分なりにうまくごまかしたつもりだったけれど、春奈は不満げに僕を睨んだ。好きな人は目の前にいるなど、言えるはずもなかった。

それに僕は友達が少ないとはいえ、一応夏休みにクラスメイト何人かで海に行かないか、と絵里から誘いを受けていた。迷った挙句、僕はその誘いを婉曲《えんきょく》に断った。今の僕には、呑気に海で遊んでいる時間などないのだ。

「ねえ、好きな人いるの？」

春奈はもう一度、僕に聞いてくる。

「うーん、まあ、どうだろ、わかんない」

しどろもどろになって、曖昧にそう答えた。僕の煮え切らない態度に、彼女はさらに不満そうに僕を睨みつけた。

「あのね、八月の半ばに、花火大会があるの。ここの病室から見られるんだよ。わたし、去年の夏もここから見てたの。ひとりで……」

「ここから見られるんだ。それはいいね」

僕は立ち上がって窓際に行き、外の景色を眺めた。真夏の太陽の日差しが眩しく、目を細める。

「それでね、もし、花火大会一緒に行く人がいなかったら、ここでわたしと花火を見ない？　もし、よかったらだけど……」

僕が振り向くと、春奈は俯いて頰を紅潮させていた。

「いいよ。どうせ暇だし、ここで一緒に花火見よう」

「本当？　じゃあ、約束ね」

彼女は破顔して小指を立てて、僕に向けた。

「うん、約束」

僕は彼女の小さな小指に、自分の小指を絡める。

さっきから僕は平静を装っていたけれど、実は心臓が爆発しそうなほど鼓動が速くなっていた。女の子とふたりで花火を見るなんて、今までに一度も経験がない。それに春奈とデートの約束をしたようなものなので、気持ちが高ぶった。今心臓が止まるのなら、それはそれでいいかもなと思う。

春奈に出会った頃は常に無表情だったので、はじめは冷たい印象を僕は持っていた。けれど、今の彼女は温かい。きっとこれが本当の彼女の姿なのだろう。

春奈は余命わずかだからか、ほかの同年代の子たちとはなにかがちがうと感じていた。まるで人生を達観しているような、不思議な少女だ。でもやっぱり、春奈は普通の女の子だった。普通に恋をして、青春して、みんなが経験することを彼女もしたいはずなのだ。やり残したことはないと言っていたけれど、本当はそういう当たり前のことを、彼女はしたいと思っているのだろう。

まだ頬を紅潮させている春奈を見て、愛おしく思った。

それから僕は、ノートに書いたことを順番にこなしていった。

まずは母方の祖父母に会いにいった。夏海も行きたいと言うので、ふたりで電車に乗って向かう。

二時間ほど電車に揺られて、目的の駅で降りると祖父が出迎えてくれた。そこから祖父の車でふたりが暮らすアパートへ行き、夕食をご馳走になって夜九時すぎの電車に乗って帰宅した。ふたりとも元気そうでなによりだった。

「来年はみんなで温泉に行こうね」という祖母の提案に、僕は「そうだね、行きたいね」と答えた。

本当に行けたらいいな、と帰りの電車の中で僕は何度も思った。

その二日後には父方の祖母に会いにいった。父さんの休みに合わせて、僕と夏海と父さんの三人で車に乗って向かった。

ガーベラを買っていこうかと思っていたけれど、父さんに花屋に寄ってと言うのが照れ臭かったのでやめにした。

祖母が入院する病院に着くと、そこは春奈の病室とはちがい、相部屋だった。祖母のほかに三人の女性が入院していて、三人とも祖母と同じくらいの年齢に見えた。

手術が終わったばかりらしく、祖母は終始どこか痛そうにしていた。

「おばあちゃんね、夏海の花嫁姿見るまで、絶対死なないからね」

病気の祖母は、泣きそうな夏海に優しくそう言った。夏海は父方の祖母が大好きだった。家が近いということもあり、昔は頻繁に遊びにいっていた。今はひとり暮らしをしているけれど、退院したら僕たちの家で暮らすことになっている。夏海が泣きそうになっている原因は、車の中で祖母の余命のことを父さんがうっかり喋ってしまったからだ。

夏海にだけは黙っていようと去年、夏海以外の家族三人で決めたことだった。僕の余命と同様に。

それから一時間ほど話して、病院をあとにした。

帰りの車の中で、ひとりだけ知らなかったことを怒っている夏海を宥めるために、僕は後部座席に座った。「ばあちゃんの病気は絶対に治るから大丈夫」と僕は腫れ物に触るように何度も夏海に言い聞かせた。しかし、そんな気休めの言葉程度で得心するほど僕の妹は馬鹿ではなかった。結局、夏海は家に着いてからもご立腹だった。

家に帰るとすぐにノートを開き、祖母のお見舞いに行くという言葉の横にチェックを入れた。夏休みになにをするべきか、それを書いたノートには、あと四つのミッションが残っている。

『三浦さんを春奈に会わせる』

『親孝行をする』

『僕の人生最後の作品を完成させる』

そして新たに書き足した『春奈と花火を見る』。その四つを達成できるかどうか、順番に考えてみた。

まずは三浦さんだ。これは手応えがあった。もう、あとひと押しすれば彼女は折れるだろうという気はしている。

次に親孝行だ。具体的になにをすればいいのかがわからない。どうしたら親孝行になるのか、僕には見当もつかなかった。家事の手伝いをすれば親孝行になるのか、感謝の気持ちを伝えればいいのか、考えても答えは見つからない。

その次は最後の絵だ。正直、これは夏休み中に完成させる必要はない。僕が死ぬ前に完成できればそれでいい。だから、このミッションはあと回しでいい。

そして最後、春奈と花火を見るというミッション。おそらく、これが一番達成できる可能性が高いだろう。最近、春奈の体調は良好そうに見えるので、これに関しては問題なくクリアできそうだった。

三浦さんのところにはまた明日突撃するとして、問題なのは親孝行か。しばらく考えて、僕は部屋を出てリビングに向かった。

「あのさ、ちょっといい？」

夕飯の支度をしていた母さんと、ソファに腰掛けて夕刊を広げていた父さんが僕に視線を向ける。

「どうした、秋人」

「この前言ってた家族旅行さ、あれ、行ってもいいよ」

なぜこんな言い方になってしまったのか、自分を恥じた。

「お、行く気になってくれたか。じゃあ、みんなで行こう。来週末なら父さん行けるから、どこか行きたいところはあるか？」

「俺はどこでもいいよ。父さんと母さんが行きたいところでいいよ」

「温泉とかはどう？　夏海も行きたがってたから」

母さんが嬉しそうに言った。

「温泉でいいよ」

そう言い残して、僕はまた自室に戻った。

果たして家族旅行に行くことが親孝行になるのだろうか。でも、久しぶりにふたりの笑顔が見られた。これでよしとしよう、そう自分に言い聞かせ、ノートを閉じる。


「チーズバーガーとコーラください。コーラは一番小さいサイズでいいです。それと、今日三浦さんはいますか？」

注文を終え、最後にそう聞くと、さっきまで満開のスマイルを見せていた若い女性店員は、怪訝そうに目を細めて僕を睨んだ。

僕は今、大型デパート内にあるファストフード店に来ている。三浦さんがアルバイトをしている店だ。

「三浦さんとは、どういう関係ですか？」

「同じ高校で……友達です」

思わず友達と言ってしまったが、まあまちがいではないだろう。

「……そうですか。あと一時間くらいで来ると思いますけど」

「どうも」

チーズバーガーとコーラを受け取り、空いている席に座った。さっきの店員は、きっと僕のことを三浦さんのストーカーかなにかだと思っているにちがいない。なにやらほかの店員と、こそこそ話しながらこっちを見ている。たしかに三浦さんは美人だけれど、僕のタイプではないのだ。誤解を解きにいくのも面倒なので、放っておく。

チーズバーガーを食べ終え、三浦さんが来る時間までデパート内をうろつくことにした。

「おや？　早坂くんじゃないか。なにをしているんだい」

声がした方に振り向くと、偶然デパートに来ていた高田がこっちを見ていた。眼鏡をくいっと押し上げながら。

「ああ、ちょっと人を待ってるんだ。来るまで時間潰してるところだよ。高田くんは？」

まったく興味がなかったけれど、一応聞いてみる。

「僕のお気に入りの作家の新作を買いに来たんだ。早坂くんは、本に興味はないかい？」

「うーん、漫画なら好きなんだけどね。活字はどうも苦手で」

「そうかい。たまには漫画以外の本を読んで、見聞を広めるのもいいと思うよ。ほら、僕なんかね……」

そこから先の話は聞かず、僕は別のことを考えた。どうも高田の話し方は生理的に受けつけない。適当に相槌を打っていると、高田は眼鏡をくいっと押し上げ、満足そうに去っていった。本を買う前に眼鏡を買え、と思ったけれど口には出さない。

高田が去ったあと、ちょうどやってきた三浦さんを発見した。彼女は長い髪を後ろで束ねて、アクセサリー屋でショーケースの中を熱心に覗いている。

「あの……」

僕は横から三浦さんに声をかけた。彼女は僕の顔を一瞥すると、ため息をついてまたショーケースに視線を落とす。

「なに？」

「バイト終わってからでもいいんだけど、春奈のところに行かないかなと思って」

彼女はさらに深いため息をついて「またその話？」と不機嫌そうに言った。

「最近、春奈、元気がないんだ。三浦さんがお見舞いに行ったら、元気になると思うんだよね」

僕は嘘をついて説得を試みた。正直、最近の春奈は体調がよさそうなのでこれは完全に嘘だ。僕は嘘が嫌いだけど、時には必要な嘘があることを知っている。それが今なのだ。

「そうなの。でも、私が行っても元気になるとは思えないけど」

「なるよ、きっと」

「なんであんたにそんなことがわかるのよ。まあ、でもいいわ。夏休みの後半なら暇だからいいよ。ちょっと気まずいから、あんたも来てよ」

「もちろん」

僕は三浦さんと連絡先を交換した。これで僕がつくった夏休みの宿題は、なんとか全部終わりそうだ。春奈がこのまま体調を維持してくれれば、問題はないだろう。

一週間後、翔太から映画を観にいこうと誘いがあった。暇だったのでその誘いを受ける。僕と絵里と翔太の三人で映画を観にいくのは、中学生のとき以来だろうか。午後からということだったので、僕はその前に春奈のお見舞いに行こうと思いバスに乗った。夏休みに入ってからは二日に一回は病室を訪れている。

病院のひとつ前のバス停で降りて、花屋に寄る。昨日春奈からメールが来て、花が枯れてしまったと落ちこんでいたからだ。

店に入ると、花屋のおばさんが笑顔で迎えてくれた。

「あら、ガーベラくん。いらっしゃい。今日もガーベラかしら?」

「はい。ガーベラください」

「五本でいい?」

「はい。五本でいいです」

おばさんは白、赤、黄色、オレンジ、ピンクのガーベラを一本ずつ手に取り、レジへ向かった。

「すみません。やっぱり、もう一本ください」

黄色のガーベラを一本手に取り、おばさんに渡した。

「はい。やっぱり夢中なんだね」

ふふっと笑って、おばさんは花を包む。僕は、あははっと愛想笑いを返した。代金を支払い、花を受け取る。

僕は少し躊躇ったあと、思い切っておばさんに質問をぶつけてみた。

「あの、おばさんって、子どももいますか？」

彼女は一瞬面食らったような顔をして、「ええ、いるわよ」と相好を崩した。

「ちょうどガーベラくんと同じくらいの娘と、中学生の息子がいるわよ」

「変なことを聞きますけど、なにをされたら親孝行されてるなって思います？」

「親孝行？　……そうねえ、いろいろあるけど、そういうことを考えてくれてるだけでも、親は嬉しいものよ」

僕が期待していた答えではなかったので、質問を変えた。

「親と一緒に旅行に行くのは、親孝行になりますか？」

「旅行？　いいと思うよ。うちの子なんてふたりとも反抗期だから、一緒に出かけるなんてまずないからね。ガーベラくんのご両親、羨ましいわ」

「そうですか。ありがとうございます」

礼を言って店を出ようとしたとき、「あ、そうそう」とおばさんの声に振り向いた。

「毎日元気で、健康に育ってくれれば、それだけで親にとっては十分よ」

「……やっぱり、健康が一番ですよね」

小さく頭を下げて、店を出た。

店を出ると、ため息が漏れた。やっぱり聞くんじゃなかったな、と後悔しながら病院に向かう。

病室に着き、春奈に六本のガーベラを渡すと、幼い子どものような笑みを浮かべて喜んでくれた。

「やっぱり、わたしに夢中なんだね」

「いつも買ってるから、一本おまけしてくれたんだよ」

照れ臭かったので、適当な嘘をついてごまかした。この嘘もたぶん、必要な嘘のはずだ。

春奈はよっぽど体調がいいのか、途切れることなく喋った。

昨年見た花火のことを、身振り手振りを交えて説明する。

「こーんなでかい花火が目の前に広がってね、そのあとに少し遅れてドーンって音が聞こえてね、もうとにかくすごいんだよ」

春奈は両手を広げて花火を表現した。

そうなんだ、と僕は相槌を打つ。

「去年はね、病室の電気を消してここに立って見てたんだよ」

春奈はそう言ってベッドから降り、窓際に立った。

それから四千五百発の花火が上がるという情報を携帯で調べて、嬉しそうに彼女は話す。

花火大会を本当に楽しみにしている様子だった。

「去年は花火が上がるなんて知らなかったから、すごくびっくりしたの。ドーンって音がしたから、ミサイルかなにかが落とされたのかと思って布団に潜ったの」

その光景を容易に想像できて、僕は思わず笑ってしまった。

「それが何発も続くから、さすがにおかしいなと思ってカーテンを開けたら、花火の光が目に飛びこんできたの。本当に綺麗だった。今でもはっきり覚えてる」

僕を振り向き、彼女は微笑んだ。

「今年も晴れてくれるといいなぁ。わたし、てるてる坊主十個つくろうかな。わたしがてるてる坊主つくったらね、いっつも晴れるんだよ」

「ああ、そっか。雨が降ったら中止になるのか。そうだよな」

僕はひとりごちるように言って頷いた。

「そうだよ？　だから秋人くんも、てるてる坊主つくってね」

「わかった。今日は用事あるから、そろそろ帰るよ」

そう言って僕は立ち上がる。

「なんの用事？」

「友達と映画を観にいくんだ」

「ふうん。秋人くん、友達いたんだね」

「そりゃいるよ。幼馴染なんだ」

「いいね、そういうの。楽しそう」

彼女は寂しそうに言った。

友達と遊ぶなんて言わずに、適当に嘘をついてごまかせばよかったかなと後悔しながら病院をあとにする。きっと今のも、嘘をついても許される場面だったのかもしれない。

またバスに乗って、翔太と絵里と合流した。翔太はブルーの半袖のシャツに白のハーフパンツ、絵里は白のロゴTシャツにデニムのショートパンツを合わせ、夏らしい格好をしていた。よく見ると絵里も翔太もこんがりと日焼けをしている。絵里は海に行くと言っていたので、そのせいだろう。翔太はきっと、サッカー部の練習だ。ふたりとも夏休みを満喫している様子だ。

「よう、秋人。遅かったな」

翔太が片手を上げる。

「ごめんごめん。ちょっと寄り道してたんだ」

「映画始まっちゃうから、早く行こう！」

絵里が快活にそう言った。

三浦さんがバイトをしているデパートの最上階に、映画館がある。僕たちはそのデパートの入り口で待ち合わせをしていたのだった。

エレベーターへ向かう途中に、ファストフード店をチラッと覗くと、三浦さんの姿があった。僕には見せたことのない、弾けるような笑顔で接客をしている。

その後、大ヒット中のアニメ映画を観終わり、僕たちは映画館を出た。

「面白かったね。このあとどうする？」

エスカレーターを下りながら、絵里が振り返る。

「どこかで適当に飯食って、花火でもしない？　秋人んちの近くの公園でさ」と翔太が言った。

「いいね！　秋人もいいでしょ？」

「うん、いいよ」

デパート内にあるフードコートへ向かい、夕食を済ませて手持ち花火の詰め合わせセットを買った。

外に出ると、すっかり辺りは薄暗い。僕の家の近くの公園に着く頃には、真っ暗になっていることだろう。

バス停に行きバスを待つ。生温い風が吹き渡り、僕の前髪を揺らす。僕はもしかしたら、人生で一番充実した夏休みを過ごしているのかもしれない。

毎日春奈とメールをして、祖父母に会いにいき、春奈に会い、入院している祖母のお見舞いに行き、また春奈に会い、幼馴染と映画を観て花火をして、そして明後日には家族旅行。来週は春奈と花火を見て、三浦さんを春奈に会わせる予定もある。

この夏休みが終わったら、僕はもう死んでもいい。やり残したことはなにもない。十分生き抜いた。

バスを待ちながらそう考えていると、ポケットの中に入れていた携帯が鳴った。春奈からのメールだった。

彼女からのメールを見ようとした瞬間、僕は携帯を地面に落とした。それまで見ていた景色が突如輪郭を失い、渦を巻いたように視界が歪む。立っていられずに僕は地面に膝をつく。目眩と動悸が激しく、息も苦しい。

「秋人？　どうしたの？」

絵里の声が聞こえ、続いて「大丈夫か？」という翔太の声も聞こえた。

僕はやっと理解した。これはきっと、タイムリミットが来たのだ。僕は昔から、なにかと運の悪い人間だった。けれど、なにもこのタイミングで来なくてもいいじゃないかと思いながらも、春奈の顔が頭に浮かんだ。どうせ死ぬんだから、好きだと伝えればよかったかな。春奈より先に死ねて、ある意味よかったかもな。

薄れゆく意識の中で、僕は意外にも冷静にそんなことを考えていた。

目を覚ますと、白い天井に違和感を覚えた。自分の部屋の天井ではないことは、すぐに理解できた。首を巡らせて周りを確認する。

ここが病院であることに気がついた。頭上にはパソコンのモニターのようなものや、ごちゃごちゃした機械がたくさんあった。左右は白い衝立で仕切られ、どうやら一般病棟ではないようだ。自分になにが起こったのか、把握するのにそれほど時間は要さなかった。

目を覚ました場所が天国ではなかったことに、ホッとするような、がっかりするような気持ちだった。白い壁と天井が見える。この見覚えのある無機質な空間は、まちがいなくいつもの病院だろう。

カーテンの隙間から光が差しこんでいるので、今は朝か昼か。静けさからおそらく朝だろうと思った。

僕はもう一度目を閉じ、現実逃避するように再び眠りに落ちた。

次に目を覚ましたときは、周りが騒がしかった。父さんや母さんに夏海もいる。

「秋人、よかった。わかる？」

母さんが狼狽しながら言った。

「お兄ちゃん、大丈夫？」

夏海が涙声で言う。父さんもなにか言っていたけれど、僕の耳には入らなかった。

春奈、どうしてるかな。僕は眠い目を擦りながら、自分のことよりも春奈の身を案じた。

ふとサイドテーブルにあったカレンダーを確認すると、僕が倒れたのは昨日で、花火大会まではあと十日だ。それまでに退院できるのだろうか、と憂慮《ゆうりょ》した。

その後僕は、菊池先生から難しい説明を受けて、手術をすることになった。大がかりな手術ではないけれど、腫瘍の一部を取り除くのだという。小さな腫瘍が新たにできていて、このまま放っておくと思っていたよりずっと早く、命を落とす可能性があるらしい。僕はべつにそれでもかまわなかったのだけれど、とりあえず手術を受ける流れになった。

手術はその日に行われ、手術の翌日に僕は集中治療室から一般病棟へ移された。相部屋は空いていないらしく、僕は三階の個室にしばらく入院することとなった。

それは問題ないが、ここが春奈も入院している病院だということが気がかりだった。

彼女は四階で僕は三階。まず鉢合わせする心配はないけれど、この病院には彼女の母親がいる。僕の病気のことがバレてしまわないか不安だ。

ベッドテーブルに置いていた携帯が鳴った。あのとき落とした衝撃で、画面にひびが入ってしまっていた。今の僕の心を表すように、画面上部から何本もの亀裂が走っている。

届いたのは春奈からのメールだった。

僕は倒れたあとも、時間が空いてしまったこともあったけれど何事もなかったかのように振る舞い、メールを続けている。今届いたメールも、いつもと同じ日記のような内容だった。

僕はおそらく、春奈との約束を守れない。

約束の花火大会は、三日後に迫っていた。菊池先生の話だと、様子を見て早ければ二週間、長くても三週間で退院できると言っていた。が、いずれにせよ今の状態では春奈に会うことはできない。僕は約束を守れない、最低の男になってしまう。

しかし、天気予報を確認すると三日後は今のところ雨になっている。このまま花火大会が中止になれば、春奈を傷つけてしまうことはない。僕は予報が変わらないことを願った。

僕の夏休みの宿題は、残り四つを残して終了してしまった。

家族旅行は中止になったし、三浦さんを夏休み中に春奈に会わせるということもできなくなってしまった。それは退院してからでもいいだろうと思うけれど、僕はもうどうでもよくなっていた。

本当に僕という人間は、なんて間の悪い男なのだろうと、もう何度目かも忘れたが改めて自分を憎む。逆に今回、助かったことが不運なんじゃないか、とさえ思った。

その日の午後、絵里と翔太がお見舞いに来てくれた。ふたりは今日も涼しそうな格好でやってきた。翔太は白いTシャツに五分丈のジーンズ。絵里は夏らしいブルーのワンピースがよく似合っていた。

それよりも僕は絵里が持っていた花を見て、少し驚いた。

「秋人、体調はどう？　これ、すぐそこのお花屋さんで買ってきたの。ガーベラっていうんだって。店員さんに薦められたんだけど、飾っとくね」

「そ、そうなんだ。ありがとう」

絵里は色とりどりの十本のガーベラを花瓶に挿した。翔太はなにも言わず、ただ突っ立っているだけ。

翔太がなにを思っているのか、僕にはなんとなくわかる。

「どうした翔太。突っ立ってないで、座ったらどうだ？」

僕がそう促しても、翔太は微動だにしない。少しの沈黙のあと、彼は口を開いた。

「秋人、俺たちになんか言うことあるだろ」

翔太は怒るでもなく、僕を責めるでもなく、むしろ失望しているような口調だった。

「えっと、そうだな。急に倒れて迷惑かけて、花火もできなくてごめん」

「俺はそんなことを言ってるんじゃない」

もちろんわかっていた。翔太はもう、僕の病気のことを家族から聞いて、すべてを知っているのだろう。それでも僕は病気について口にしなかった。

「ちょっと目眩がしただけだよ。心配かけて悪かった」

「もう知ってるんだよ、俺たち。ごまかすなよ。なんで話してくれなかったんだよ。俺たち、親友だろ」

「いいよ、そういうの」

翔太の言葉を遮るように、僕は冷たく言い放った。

「言いたくないことって、誰にでもひとつやふたつあるだろ。だから言わなかっただけだよ。それがそんなに悪いことかな」

「だとしても、そんな大事なこと、嘘ついてまで隠さなくてもいいだろ。絵里だって秋人の様子がおかしいって、ずっと心配してたんだぞ」

絵里は俯いたまま口を開かない。悲痛な表情で固まっていた。

「嫌だったんだよ、同情されるのが。病気を知られると、みんな少なからず意識するだろ。気を遣ったりしてさ。それが嫌だったんだ」

「そんなこと……」

ないとは翔太は言わなかった。

「病気のことを話しても治るわけでもないしさ。誰かに話すことで楽になるような悩みでもないんだ。相談しても、結局ひとりで病気と闘わなくちゃいけないんだし、話す必要がないと思ったから言わなかっただけだよ」

「でも……」

「胸の傷が痛むから、悪いけど今日はもう帰ってほしい。少し横になりたいんだ」

僕はまた嘘をついた。今は鎮痛剤が効いているおかげで、それほど痛みはないのに。

「……わかった。また来るよ」

翔太は悲哀に満ちた表情でそう言い、病室を出ていった。

絵里はまだその場に残っていたが、僕はかまわずベッドに逆方向を向いて横になった。

携帯が鳴っていたけれど、見る気になれなかった。

「秋人、実は私、知ってたんだ。秋人の病気のこと」

ふいに絵里がそう言った。僕は驚きのあまり、声が出なかった。

「五月頃だったかな。秋人の様子がなんかおかしいから、秋人がいないときに家に行っておばさんに聞いたの。そしたらおばさん、泣き崩れちゃって全部話してくれた。絶対に秋人には言わないでって。あの子が自分から話すまで黙っててあげてってって言われてたんだ」

少し間をとって、絵里は声を震わせて話を続けた。

「秋人の言ってることは理解できるけど、私も話してほしかったな、秋人の口から。頼ってほしかったし、弱音を吐いてほしかった。相談してほしかった。秋人、ひとりで全部抱えこんでるんだもん。私たち親友なんだから、やっぱり打ち明けてほしかったな」

鼻をすする音が聞こえた。絵里が泣いているのに、僕は背を向けたままなにも言わず黙っていた。心が苦しくて、胸が張り裂けそうな思いだった。

「また来るね。お大事に」

そう言い残して、絵里は病室を出ていった。

しばらく魂が抜けたように、僕は真っ白な天井を見つめた。

ふたりの沈痛な表情が浮かび、胸がズキズキと痛んだ。それを追い払うように、頭を左右に振って目をぎゅっと瞑る。

僕の身勝手な考えによって、ふたりを悲しませ、傷つけてしまった。もう、なにもかもどうだっていい。今すぐ心臓が止まったって、べつにかまわない。

ふいに携帯が鳴って、僕は意識を取り戻したかのように起き上がり、ひび割れたそれを手に取った。

『花火大会の日、雨予報になってるね。人生最後かもしれないのに、ショックです』

届いたメールに返事をせず、布団を頭から被った。

翌日から、一階にあるリハビリルームで、軽い歩行などの運動を行った。それ以外は病室にこもって、春奈に会わないようにおとなしくしている。

あれだけ絵里や翔太に言われたというのに、僕は春奈にも話さないつもりでいた。というよりも、春奈には話さない方がいいと思っている。同情されるのが嫌だとか、そういうことではなく、ただ春奈に悲しい思いをさせたくない。

あまりにも暇だったので母さんに買ってきてもらったスケッチブックを開き、黙々と絵を描く。春奈も今頃上の階で、絵を描いているのだろうか。

今朝も届いていた彼女からのメールに、僕はまだ返信を打てないでいた。

『最近来てくれないね。忙しいのかな？　勉強とかいろいろあるもんね。わたしは今、暇だからてるてる坊主をつくっています。明後日、晴れてくれますように』

少し考えて、夏期講習で忙しくてなかなかお見舞いに行けなくてごめん、と返事をした。

翌朝、目を覚ますとすぐに携帯を見て天気予報を確認する。思わずふっと笑みが零れた。明日の天気は雨だ。春奈には悪いけど、中止になってくれれば助かる。最近は、天気予報を確認することが日課になっていた。

一時間ほどの簡単なリハビリを終え、一階にあるリハビリルームから、エレベーターへ向かおうとしていたところで足を止めた。春奈は時々、一階に下りて来ることがある。鉢合わせしないよう、いつもエレベーターに乗るときは慎重に様子をうかがい、春奈がいないことをたしかめてから乗っていた。今も、周囲にも、下りてきたエレベーターの中にも春奈の姿はなかったので、僕は安心してエレベーターに乗る。しかし三階で降りたところで、乗ろうと待っていたであろう看護師姿の春奈の母親が目の前にいた。

「秋人くん？」

僕は軽く会釈をして立ち去ろうとしたが、彼女に捕まってしまった。

結局、ごまかしても調べられたらわかってしまうので、正直に話した。それから、絶対に春奈には言わないでくれ、と釘を刺しておく。

「わかったわ」と消え入りそうな声で彼女は言った。今にも泣きそうな表情で、彼女は僕の話を最後まで聞いてくれた。けれど、泣きたいのはこっちの方だ。自分の口から説明するのは、これが初めてのことだった。こんなにも辛いものなのかと、噛み締めながらすべてを話した。

自分の病室に戻って、ひたすら絵を描く。携帯が鳴っていたけれど、気にせず絵を描き続けた。絵を描くことで、僕は現実逃避ができる。雨が窓を叩く音と鉛筆を走らせる音を聞いているだけで、心が安らいでいく。

再度、携帯が鳴って今度は仕方なく手を止めた。

春奈から写真付きのメールが届いていた。

『てるてる坊主、いっぱいつくりました。秋人くんも忘れずにつくってね！』

ひび割れた画面をスクロールすると、窓際に吊るされた白いてるてる坊主の写真が表示される。十個以上のてるてる坊主は、すべて笑顔で晴れることを願っていた。笑顔の表情はひとつひとつちがっていて、両目を瞑り舌を出して笑っているものや、目が優しくニコニコ笑っているもの、キラーンと輝いているマークを描いて、歯を見せて笑っているものまでいた。

『これだけつくったなら、きっと明日は晴れるね』

そう返信して、僕はその日、てるてる坊主をつくらずに眠りについた。

朝、目を覚ますとすぐにカーテンを開けた。

残念ながら春奈の願いは届かず、雨は休むことなく降り続いている。

僕はホッと胸を撫で下ろし、ベッドに倒れるように寝転んだ。胸の傷が、少し痛む。

春奈は今頃、どうしているだろうか。

窓際に立って、悲しげな表情で空を見上げているのだろうか。

でも、これでよかったのだ。晴れたとしても結局、春奈は悲しい思いをするだけなのだから。春奈との約束を破らずに済んでよかったと、安堵のため息をついた。

しかし夕方になって、雨が止んだ。昼過ぎから雨が次第に弱まっていき、嫌な予感はしていた。今は薄っすらと、晴れ間も覗いている。

花火大会の公式サイトを見ると、どうやら予定どおり行われるということだった。

嘆息が漏れる。どうしようかと考えていると、春奈からメールが届いた。

『やっぱりわたしのてるてる坊主、すごいでしょ？　七時からだからね！　待ってます』

僕は返信をせずに、逃げるようにベッドに潜りこんだ。

ドーン、というでかい音が鳴った。少し間があって、またうるさい爆音が僕の静かな病室に響いた。まるで僕を責めるかのように、その音は僕の心臓にまで届く。

あれから何度か春奈からメールが来ていたが、僕は返信しなかった。結局なんて言い訳をすればいいか、思いつかなかったから。

窓際に立ち、カーテンを開いた。

真っ暗な夜空に、色鮮やかな花火が咲いた。光の粒は散り散りに消え、またひとつ夜空に満開の花火が上がる。まるで漆黒の夜空に、ガーベラの花が咲いたように美しい。

僕は無意識に携帯を手に取り、気づいたら春奈に電話をかけていた。

三コール目で、春奈は出た。

「……もしもし」

久しぶりに聞いた春奈の声は、涙声で弱々しかった。

「俺だけど、ごめん。どうしても行けなくなっちゃったんだ。謝りたくて」

電話の向こうからも、花火の音が聞こえる。

「……馬鹿」

「本当にごめん。約束守れなくて。今、花火見てる?」

「見てるよ」

「俺も見てる。ほんと、ごめん」

自分から電話をかけたものの、なにを言えばいいのかわからず、とりあえず何度も謝る。

「べつにいいよ。でもその代わり、花火が終わるまでこのまま電話繋いでて」

「うん、わかった」

連続して花火が上がる。「わあ、すごい」と春奈の声が耳もとでする。

しばらくお互い無言で、花火に目を奪われていた。

「わたし、この花火が終わったら、もう死んでもいいかも」

ふいに春奈がそう言った。冗談ではなく本気でそう思っている声色。

「そんなこと言わずにさ、もっと生きようよ。来年こそは、一緒に見たいからさ」

春奈はまた涙声で、「うん、そうだね」と鼻をすすりながら言った。

耳もとで吐息が聞こえる。春奈がすぐ隣にいるような錯覚に陥る。

この花火が永遠に上がり続ければいいと、僕は思った。

「花火、綺麗だね」と春奈が言う。

「うん、綺麗だね」と僕も言う。

少しの間、花火が止んだ。真っ暗な夜空には、花火の残像だけが残っている。急に静かになったせいか、沈黙の音がした。

「あのね、わたしね……」

春奈がなにか言いかけたが、その瞬間に再び花火が上がった。何発も畳みかけるように連続で上がる。どうやらフィナーレが近いようだ。その音で声がかき消され、春奈の言葉が聞こえなかった。

花火が終わったあとに聞き返すと、「なんでもない」と彼女は言って電話が切られた。

途端に病室が、静寂に包まれた。

夏休みの最終日に、絵里と翔太がお見舞いに来てくれた。

あの日のことはなかったかのように、今までどおりの僕たちに戻っていた。それでも僕は彼らが帰るときに、ずっと黙っていたことを謝った。あれから僕は後悔していた。やっぱりふたりには話すべきだった。こんな形で知られるより、僕の口からちゃんと伝えるべきだった。

僕が謝罪すると、絵里と翔太は泣いて、それから笑ってくれた。

「早く退院して学校来いよ」と笑顔で言ってくれた。泣きながらではなく、笑顔で言ってくれたことがなにより嬉しかった。

僕はもう少し、絵里と翔太の気持ちを考えてやるべきだった。僕が翔太の立場だったなら、きっと僕も怒っていただろう。

ふたりには、本当に感謝している。

彼らが帰ったあと、絵里が買ってきてくれた色とりどりの十本のガーベラを眺めながら、僕は涙を堪えた。

それから三日後に退院した。

入院中に、一度だけ春奈の姿を見かけたことがある。その日は涼しかったので、夕方過ぎに僕は気分転換に屋上へ足を運んだ。

そこにはベンチに腰掛けた、春奈の姿があった。彼女はじっと夕陽を眺めている様子だった。

春奈の寂しげな背中を見て、僕はそのとき彼女がどんな表情をしているのか、想像もつかなかった。陽が沈んで空の色が変わってもなお、彼女はしばらくその場に座ったままだった。

僕は退院してから三日間、自宅療養をして、再び学校に通うことになった。

学校へ行くと、僕の席は廊下側の列の後ろから二番目の席に変わっていた。夏休みが明けてすぐに席替えがあったらしい。もう窓の外を見て現実逃避ができなくなったな、と落ちこんでいると、横から「やあ、早坂くん。隣の席だね。入院してたみたいだけど、体はもういいのかい？」と、眼鏡をくいっと押し上げながら高田が言った。

「うん、まあ、もう大丈夫だよ」

面倒なやつの隣になってしまったな、とさらに落ちこむ。

その日の放課後、僕は病院に向かった。

やっと春奈に会える。授業中もずっと、春奈のことを考えていた。彼女と最後に会ってから、約一ヶ月が過ぎていた。僕と春奈にとって一ヶ月とは、どれほど長く大切な時間だろうか。僕のせいでその貴重な一ヶ月を無駄にしてしまったのだ。僕が倒れなければ何回彼女に会い、どんな言葉を交わし、どれほど楽しい時間を過ごせただろう。

僕はその大切な時間を取り戻すべく、これからは毎日彼女に会いにいくつもりだ。

その前にバスを降りて、花屋に寄る。

「あらガーベラくん、久しぶりねぇ。来ないもんだから、てっきりお友達が退院したのかと思ったわ」

「だといいんですけどね。今日もガーベラ、六本ください」

「六本ね」

久しぶりに訪れた花屋は、いつもと雰囲気がちがって見えた。それはきっと、季節ごとに旬の花を入れ替えているからだろう。ガーベラはいつもと同じ位置に置いてあった。もしかすると、僕のためにおばさんがガーベラを仕入れ続けてくれているのかもしれない。

「はい、どうぞ」

「ありがとうございます」

ガーベラを受け取り、店の出口に向かうと「あ、そうそう」とおばさんが言って僕は振り返る。

「そういえば、この間言ってた親孝行、できたの？」

「ああ、えっと、まあ、はい。それなりに」

「あらそう。立派ね」

「どうも」

ため息をついて店を出た。前回余計なことを言わなければよかったな、と後悔した。

見慣れた病院に入り、エレベーターに乗る。

久しぶりにパジャマではなく、学生服を着て院内を歩くことに若干の違和感を覚えながら、春奈の病室に向かった。しかし、そこに春奈はいなかった。

病室を出てナースステーションの前を通り、談話室へ向かう。眩しい談話室の窓際の席に、彼女はいた。

初めて春奈に声をかけたあの日のように、彼女は絵を描いていた。何本もの色鉛筆を使い分け、忙しなく手を動かしている。

僕は春奈の後ろに回りこみ、スケッチブックを覗いた。

彼女は遊園地の絵を描いているようだった。観覧車やジェットコースター、メリーゴーランドなど、まるで写真のように美しい。以前よりもさらに絵が上達していて僕は驚いた。

背後の気配に気づいて春奈は振り返った。彼女は幽霊でも見たかのような目で僕を見ている。

「久しぶり、元気だった？」

僕は春奈の隣の椅子に腰掛けた。

「元気じゃないよ。もう来てくれないのかと思ってたから」

「ごめん。いろいろあって来られなかったんだ。今日からまた、毎日来るよ」

「ほんと？」

子どものような無邪気な表情と声で、彼女は言った。

「毎日来られるかわからないけど、毎日来るよ」

「なにそれ」

そこでやっと春奈は笑ってくれた。

「ずっと、なにしてたの？」

彼女には当然の疑問だろう。あれだけ毎日のようにお見舞いに来ていた男が、パッタリと姿を消したのだ。誰だって不思議に思うはずだ。

「まあ、ちょっと修行をしに行ってたんだよ」

うまい言い訳が思いつかず、咄嗟にそう答えた。

「修行？　なんの？」

「うーん、精神の修行かな」

「なにそれ。しばらく見ない間におかしくなっちゃったの？」

そう言って春奈は困ったように笑う。

僕たちはその後、失った時間を取り戻すように途切れることなく話し続けた。この時間が一生続けばいいのに、と何度も思った。


それから僕は毎日のように病院に通い続けた。面会時間ギリギリまで話して、家に帰るのは夜の九時を過ぎるようになった。辛い時間は長く感じるのに、楽しい時間はあっという間に過ぎていく。

しかし楽しい時間は、そう長くは続かない。

日を追うごとに、春奈は弱っていった。

僕がお見舞いに行っても元気がなく、一日中眠っている日も多かった。

僕の期限付きの恋の、期限は確実に迫ってきていた。

毎日何通も送り合ったメールは、だんだん少なくなり、一通も来ない日もあった。

そんな日々が続いた九月の半ば頃、僕は春奈のお見舞いに行った。

病室に入ると、そこに春奈の姿はない。布団が綺麗に整えられ、いつもベッドテーブルに置いてあるスケッチブックや色鉛筆もなく、病室はがらんとしている。

まさか……と嫌な予感が頭をよぎる。

そのときだった。パァン！　と背後で破裂音が鳴った。

後ろを振り向くと、春奈がクラッカーを手に持っている。

「秋人くん、お誕生日おめでとう！」

春奈は優しく微笑み、僕の誕生日を祝福してくれた。

そういえばずいぶん前に誕生日を聞かれ、彼女はそれを覚えてくれていたようだ。

僕がありがとう、と言い終わる前に、春奈は突然ふらついて倒れそうになる。僕は彼女を支えて、ベッドまで運んだ。

「ごめんね。ちょっと目眩がしただけだから」

春奈は辛そうに笑い、ベッドに横になった。

「具合悪いなら、こんなことしなくていいのに」

「でも、一生に一度しかない秋人くんの十七歳の誕生日、お祝いしたかったの」

春奈の健気な言葉が僕は嬉しくて、でも彼女が心配だった。

「誕生日なのに、プレゼントとか用意できなくてごめんね。売店に売ってるお菓子買おうかと思ったけど、秋人くんそんなのいらないよね」

「ありがとう春奈。その気持ちだけでも嬉しいよ」

おそらく、これは僕の人生最後の誕生日だ。それを春奈が無理をして祝福してくれたのだ。そう思うと胸が熱くなった。プレゼントなんていらない。辛いのに無理をして祝ってくれた春奈の優しさが、一番のプレゼントだ。

「本当は飾りつけとか、いろいろ準備したかったんだけど、クラッカーしか用意できなくてごめんね。せっかくの誕生日なのに……」

「クラッカーとお祝いの言葉だけで十分嬉しいよ。ほんと、ありがとうね」

春奈はにっこりと優しく笑い、そのまま一瞬だけ苦しそうな顔をして目を閉じた。

僕はしばらく春奈の寝顔を眺め、穏やかに眠る彼女の頭を撫で続けた。

僕は翌日も、その次の日も学校が終わると春奈に会いにいった。春奈は体調が悪いのか、言葉数が少なかった。

元気のない彼女を励まし、面会終了時間になって病室を出た。

帰宅途中のバスの中で、ふいに携帯が鳴ったのでポケットから取り出す。

修理に出してもとどおりに直った綺麗な画面に、父さんからのメールが表示されていた。

『大事な話があるから、早く帰って来なさい』

大事な話とはなんだろう。いい話か悪い話か。考えても見当がつかなかった。

「お兄ちゃん、おかえり」

家に帰ると、お風呂上がりの夏海が力なく言った。夏海ももう、僕の病気のことを知っている。健康だと思っていた兄が突然倒れ、手術をして約一ヶ月間入院したのだ。これ以上隠し通すことは難しいと判断し、僕のいないところで両親は打ち明けた。僕の病気や余命を知った夏海は以前より、暗くなってしまった。

「ただいま。父さんリビングにいる？」

「うん、いるよ」

そう言うと、夏海はそそくさと階段を上がって部屋に入っていく。最近はずっとこんな調子だ。夏海は明らかに自分の部屋で過ごす時間が増えた。

ため息をつきながらリビングに入ると、父さんと母さんがソファに座っていた。

「おかえり、秋人」

母さんが言った。

「秋人、そこ座りなさい」

父さんが向かいのソファに指をさす。僕は言われたとおり、ソファに座った。

「大事な話って、なに？」

一呼吸置いて、父さんが口を開く。

「あのな、担当の菊池先生の知り合いに、すごく腕のいいお医者さんがいるらしいんだ。何年もアメリカで研究してて、その先生が帰ってきてるみたいなんだ。心臓手術のスペシャリストで、移植もできる先生なんだって」

父さんは僕の目をじっと見つめて、ゆっくりとそう話した。

「ふうん、それで？　心臓移植をしろってこと？　それなら嫌だよ。知らない人の心臓をもらってまで生きたいと思わないし、何千万とか何億とかかかるんでしょ？　それに移植してもそのあとが辛いってなにかで見たよ。詳しくは知らないけど」

「いや、そうじゃないんだ。その先生なら移植じゃなくて手術ができるかもしれないんだって。腫瘍を全部取り除くのは難しいかもしれないけど、ある程度取り除けば、もう少し長生きできるかもしれないんだ。過去に何度も心臓腫瘍の手術をしてるらしくて、とにかくすごい先生なんだ。ちょっと遠いけど、そこの病院なら設備も整ってるし、最先端の高度な手術や治療が受けられるんだ」

僕はしばらく黙りこんで考えた。ほんの少し長生きができることに、正直言ってなんの魅力も感じない。たとえ数年生き長らえたところで、それになんの意味があるのだろう。その頃にはきっと春奈はこの世にはいない。そんな世界を生きて、楽しいだろうか。

「菊池先生が紹介状を書いてくれるって。ただ……手術がうまくいくかは五分五分だそうだ。でも父さんも母さんも、秋人に手術を受けてほしいと思ってる。お金のことは心配しなくていいから、受けてみないか？」

父さんはいつになく、真剣な表情でそう言った。中途半端な返事は許さない、というような鋭い眼光で僕を見る。僕は気圧されて思わず視線を逸らした。

「せっかくだけど、やめとくよ。どうせ死ぬことには変わりないんだし。治せないなら手術はしないよ」

今手術を受けてしまったら、春奈にまた当分会えなくなる。それに手術代も馬鹿にならない。僕はこれ以上、親不孝を重ねたくなかった。

「もう少し考えてみてくれないか？　手術がうまくいったら、成人式だって出られるかもしれないんだ。今のままだったら……」

「いいよ、もう。俺はこのままでいい。じゃあ、もう寝るから」

リビングを出て階段を駆け上がる。母さんが僕を呼ぶ声が聞こえたけれど、振り向かずに自室に逃げこんだ。

もう、どうだっていい。僕は春奈のそばにいたい。残りの時間は、春奈と過ごしたい。僕はその時間を、大切にしたい。だから、もういいんだ。春奈の死を見届けてから、僕も彼女のもとへ旅立ちたい。春奈がいない世界なんて、生きたくない。

ベッドに大の字に寝転んで見慣れた天井を見つめる。そして目を瞑り胸に手を当てる。トクン、トクン、と小さく脈を打っている。あと少しでいい。春奈が死ぬまでは、止まらないでくれ。そのあとは、もうゆっくり休んでいいから。

心の中で自分の心臓に語りかけると、瞳の端から涙が一粒、零れ落ちた。

それからも毎日、春奈の病院へ向かった。最近の春奈はあまり絵を描かなくなっていた。描く気力がないのか、窓の外をぼんやり眺めている時間が増えていく。

僕はその様子を見て、彼女が本当にどこか遠くへ行ってしまいそうな気がして怖かった。

九月も終わりが近づいてきた日曜日の夕方、病室の開け放たれた窓から涼しい風が吹きこみ、真っ白なカーテンを揺らす。花瓶に挿されたガーベラの花びらも、静かになびいていた。

僕は音もなく眠っている春奈の横に座り、彼女の穏やかな寝顔を見つめる。

――あと半年しか生きられないんだって、わたし。

ふいに春奈の言葉が蘇る。初めて彼女に話しかけたあの日、彼女はたしかにそう言った。

あれから、もうすぐ半年になる。

期限がもうすぐ切れてしまう。僕は彼女のために、残された時間でなにをしてやれるのだろうか。

「綾ちゃん、ごめん」

突然春奈が寝言を言った。うまく聞き取れなかったけれど、たしかにそう聞こえた。

そうだった。僕にはまだ彼女にしてやれることがある。僕が入院したせいで流れてしまった、三浦さんを春奈に会わせるというミッション。これがまだ残っている。

あれから三浦さんとは話すことも顔を合わせることもなかった。情けないことに僕は自分のことでいっぱいいっぱいですっかり忘れていた。

このまま死んでしまったら春奈はきっと後悔する。親友と仲直りできないまま死んでいくなんて、死んでも死に切れないだろう。

力ずくでも三浦さんを連れてこよう。そう強く決心した。

翌日、僕は学校が終わると校門の前で三浦さんを待ち伏せた。友達とカラオケに行く用事があろうがバイトがあろうが関係ない。彼女を拉致する覚悟で僕は腕を組んで待つ。

「あれ？　早坂くん帰らないのかい？　校門の前に突っ立って、なにしてるんだい？」

読んでいた文庫本を閉じ、眼鏡をくいっと押し上げながら、通りかかった高田が言った。

歩きスマホならともかく、歩き文庫本はやめろよなと言いたかったが、面倒くさいので軽く笑って受け流す。

高田が去ったあと、三浦さんがやってきた。取り巻きの女子たちを引き連れ、屈託なく笑っている姿を見て腹が立った。

親友の春奈が苦しんでいるというのに、と思っても無意味だった。三浦さんはなにも知らないのだ。

彼女は取り巻きの女子たちと楽しそうにネイルを見せ合っていた。彼女の長い爪はピンク色に染められ、キラキラした星までついている。

春奈も健康だったらあの輪の中に入って、髪を茶色に染めたり、スカートを短くしたり、ネイルをしておしゃれを楽しんでいたのだろう。そう思うと、なぜだか無性に悔しくてさらに腹が立ってきた。ぶつけようのない怒りを飲みこみ、三浦さんに声をかけた。

「あの、ちょっといい？」

三浦さんとその他の女子は足を止めて僕を見る。舌打ちが聞こえたような気がしたけれど、聞こえないふりをする。

「ああ、あんた。なんか用？」

「病院に行こう」

僕がそう言うと、三浦さんの後ろの女子が「なにこいつ」と笑った。

「またその話？　てか、春奈まだ入院してるの？」

「してるよ、ずっと」

「ふうん、今回は長引いてるんだね。早くよくなるといいねって伝えといて。じゃね」

軽く手を上げて、三浦さんは歩き出した。

「自分で言えよ」

心で思った言葉が、声に出てしまった。

「え？」

少し驚いた様子で三浦さんは振り返る。

「自分で言えって言ったんだ。春奈に会って、自分の口から伝えなきゃなんも伝わらないだろ」

「ちょ、なにこいつ。なんなの？」

三浦さんの隣の、長身で化粧の濃い女が僕を睨んだ。香水の匂いがきつい。

「あんたさ、なんでそんなにムキになってんの？　あんたもしかして、春奈のこと好きなの？」

三浦さんは少し怯えた表情で言った。気が強い女だと思っていたけれど、僕の剣幕に気圧されている様子だった。

「そんなこと、どうだっていいだろ。とにかく、春奈に会ってやってほしいんだ」

横のケバい女が今にも飛びかかってきそうなので、なるべく穏やかな口調で僕は言った。

「わかった。行くけど、来週でいい？　これからカラオケ行くし、今週はバイトで忙しくて無理だから」

「だめだ。今行こう」

僕は彼女の手を取って、駆け出す。

「ちょっと、待ってよ！　なんなのよ！」

三浦さんは叫んだが、僕は止まらなかった。そのままバス停まで三浦さんを拉致した。

「なんなのよ、もう」

バス停に着くとさすがに観念したのか、三浦さんは手を放しても逃げ出そうとはしなかった。

僕は自分が病人だということも忘れて、無我夢中で走ってしまった。肩で息をして呼吸を整える。ここで発作を起こすわけにはいかない。僕は倒れるようにバス停のベンチに座った。

「ねぇ、なんでそんなに急いでるの？　来週でもいいじゃない」

すでに呼吸を整え終わった三浦さんが、不機嫌そうに腕を組んで言った。

「だめなんだ、来週じゃ」

「なんでよ」

「……春奈、もう長くないんだ」

「え？」

言ってしまっていいのか迷ったけれど、彼女を春奈に会わせるには言うしかなかった。

僕はすべてを彼女に話す。

「なんで……なんでもっと早く教えてくれなかったの？」

僕の話を聞き終えると、消え入りそうな声で三浦さんは言った。

「春奈に三浦さんには言うなって口止めされてたんだ。だから言えなかった」

「でもそんな大事なこと、言ってくれたらすぐに会いにいったのに……」

三浦さんのか細い声は、バスが到着した音でかき消された。

病院に着くまで三浦さんは無言だった。彼女が手に持っていた携帯電話は何度も揺れていたけれど、彼女は出ようとはしなかった。

病院に着くと、三浦さんの足取りが重くなった。

「ねぇ、ちょっと待って」

三浦さんの言葉に僕が振り向くと、彼女は足を止めて俯いていた。長いこと放ったらかしにしていた親友にこれから会うのだ。もしかしたら緊張しているのかもしれない。

僕と三浦さんは、とりあえず一階の待合室の椅子に腰掛けた。僕が入院していた三階や春奈がいる四階とはちがって、人の出入りが多く騒がしい。

「私、今さらどんな顔してあの子に会えばいいのかわかんない」

三浦さんはため息交じりにそう言った。彼女は後悔している様子で、それは僕も同じだった。もっと春奈が元気なときに、こうして無理やり連れてくるべきだったのだ。

「怒るかなぁ、春奈」

「怒らないと思うよ。怒ってるとこ、見たことないし」

「あの子、優しいもんね」

しばらく沈黙があって、三浦さんは静かに口を開いた。

「私、春奈の病気、大人になったら治るもんだと思ってた。勝手にそう思いこんでた。中学の卒業式が終わったあとに会いにいったら、あの子いつもと様子がちがってた。もう来ないでって言われたの。私、あのときどうしてちゃんと話を聞いてやれなかったんだろう。悩んでたはずなのに」

春奈はたしか、卒業式の少し前に母親から長く生きられないことを告げられていた。そして自暴自棄になって、三浦さんに冷たく当たってしまったと言っていた。春奈もまた、その日のことを後悔していた――。

そのままふたり無言で椅子に座ったまま、三十分が過ぎた。三浦さんはなかなか踏ん切りがつかないようで、立ち上がろうとしない。

彼女の取り巻きの女子か、それとも彼女に想いを寄せる男子からなのかわからないけれど、先ほどから数分おきに三浦さんの携帯は震えている。

僕はもう、彼女の判断に委ねることにした。このまま帰るのなら、それでもいい。僕にできることはここまでだ。あとは三浦さんが決めることなのだ。

「私、やっぱり帰る」

沈黙を破って三浦さんは立ち上がる。僕が期待していた言葉は、彼女の口からは出なかった。

「じゃあね」

三浦さんは出入り口へ向かって歩き出す。

やっぱり、だめだった。僕は俯いて、薄汚れた自分のスニーカーを見つめた。このぼろぼろのスニーカーのように、僕の心もぼろぼろだった。なにをやってもうまくいかない。春奈は弱っていくし、僕だっていつ死ぬかわからない。もう、いいや。

帰ろうと思い顔を上げると、出入り口の前で三浦さんが仁王立ちで僕を睨んでいた。

「ちょっと、あんたなんで引き止めないのよ。ここまで強引に連れてきたくせに、なんでもう一押ししないのよ」

「え？　いや、だって、帰るって言ったから……」

「だからって素直に女の子を帰す男がどこにいるのよ。あんた、女の子と付き合ったことないでしょ。全然女心わかってない」

そんなのわかりたくもないし、女心とかそういう問題だろうかと思ったけれど、火に油を注ぐようなものなので言葉を飲みこんだ。

「じゃあ行こう。せっかくここまで来たんだしさ。こっちだからついて来て」

僕はエレベーターの方へ向かう。ちらっと振り返ると、彼女は不承不承といった様子でついて来た。よくわからない子だなと思ったけれど、僕の口もとは自然と緩んでいた。

エレベーターに乗り四階へ向かう。

春奈の病室の前に来ると、三浦さんは立ち止まった。

「やっぱり、帰ろうかな」

「止めた方がいいの？」

「うるさいわね」

結局止めようとしても怒るのかよ、とは言えず、僕は彼女の心の準備が整うまで待つことにした。

「よし、入ろう」

数分待って、ようやく肚を決めたようだ。

「俺、邪魔だったらここで待ってるけど」

「待たなくていいから、一緒に来て」

「……はい」

扉をノックするが、返事はない。

ゆっくり扉を開ける。春奈は体を起こして窓の外を眺めていた。それは最近よく見る姿だった。僕が扉をノックしても、彼女は気づかずにボーッとしていることがよくあった。

「秋人くん？　来てくれたんだ」

扉を閉めた音で春奈は振り向いた。三浦さんは咄嗟に僕の後ろに隠れた。まったく、この期に及んで往生際が悪い。

「後ろに誰かいるの？」

「ああ、えっと、ちょっと待って」

僕は素早く身を反転させ、三浦さんの後ろに回りこみ彼女の背中を押した。

「え……」

春奈は目を丸くして三浦さんを見つめる。肝心の三浦さんは、顔を伏せてしまって春奈を見ようとしない。やれやれだ。

「綾ちゃん？」

春奈が先に彼女の名前を呼んだ。

「……うん。久しぶりだね」

三浦さんは春奈を一瞥するだけで、またすぐに俯いた。僕はどうしていいかわからず、とりあえずふたりを見守ることにした。

「来てくれたんだね、ありがとう。会えて嬉しい」

「ううん。なんか……ごめんね。来るのがこんなに遅くなっちゃって」

「綾ちゃんが謝ることないよ。悪いのはわたしなんだから」

春奈の声が震え出した。よく見ると、目が潤んでいた。

「春奈は悪くないよ……。私、春奈に会って、謝りたかった。ずっと、後悔してた。早坂が必死になって声をかけてくれてたのに、私、ずっと逃げてた。春奈がもうすぐ死んじゃうだなんて……私、全然知らなくて……。ごめん……ごめん……」

三浦さんの目から、大粒の涙がぼろぼろ零れ出した。春奈の大きな目からも涙が流れていた。彼女は泣きながら僕の方を見た。見た、というのはまちがいで、睨んでいる。

口止めされていたのだから当然の反応だった。僕は顔の前で手を合わせて、ごめん、と声に出さず謝罪する。

「秋人くんから聞いたんだね。わたしもずっと綾ちゃんに会いたかったよ。逃げてたのは、わたしも同じだよ。ごめんね、あのとき酷いこと言って」

「春奈は謝ることないってば。私があのとき、ちゃんと春奈の話を聞いてやればよかったんだから。来なくていいって言われて、本当に来なくなった私が悪いよ……」

そのとおりだ。春奈も悪いけど、三浦さんの方がちょっと悪いよな、とふたりの話を聞いて僕は思った。

が、春奈はかぶりを振って、そんなことないよと否定した。

「ねえ春奈、嘘だよね？　もうすぐ死んじゃうなんて、本当は嘘なんだよね？」

「……本当だよ。でも、綾ちゃんに会えたからもう満足。これでもう、心残りはないよ」

春奈が震える声で言い終わると、タガが外れたように三浦さんはさらに激しく泣き出してしまった。ごめんね、ごめんね、と何度も繰り返し謝りながら。

僕がおろおろしていると、春奈も本格的に泣き出してしまった。

悪いのはわたしだから、泣かないで。と春奈は泣きながら言う。

ちがうの。悪いのは私なの。ごめんね。と三浦さんも泣きながら言う。

その言い合いがしばらく続く。どちらも譲らない。僕はこういうとき、どうすればいいのか心得ていない。

泣き続けるふたりを交互に見ながら、僕は酷く冷静にどう対処すべきか考えていた。

ふたりを慰める。これが得策かに思える。しかし、ふたりを泣き止ませるベストな言葉が出てこない。却下。

僕も一緒になって泣く。想像したら、カオスだ。却下。

気づかれないよう、静かに病室を出る。これだ。ふたりの気が済むまで泣かせてやるのが一番だ。感動の再会を僕が邪魔するわけにはいかない。

なにより一刻も早くこの場から脱したい気持ちが強かったので、それを実行することにした。

「どこ行くのよ、馬鹿」

扉に手をかけた瞬間、三浦さんに気づかれた。

「ここにいたら邪魔かと思って」

「邪魔じゃないから、そこにいて」

「秋人くん、退屈だったら絵描いてていいから」

鼻をすすりながら、春奈はスケッチブックを指差した。ふたりとも幼い子どもに言い聞かせるような口調だった。

感動的な再会を果たしたふたりを見て、やっぱり連れてきてよかったな、としみじみ思った。

しばらくしてふたりは泣き止み、思い出話に花を咲かせた。小学校や中学校のときの先生や同級生の話、それから最近の話など、時間と僕の存在も忘れて語り尽くしていた。

すっかり僕が置き物と化した頃、三浦さんは友達が心配して何度も連絡をしてきているからと、仕方なく今日は帰ることになった。

ふたりは連絡先を交換して、また明日来るね、と三浦さんは笑顔で手を振る。帰り際、三浦さんが小声で「ありがと」と僕に言った。

僕はずっと椅子に座っていたので、お尻が痛くなって立ちあがると、春奈の体がビクッと跳ねた。

「急に動かないでよ。びっくりしたぁ」

どうやら僕は本当に置き物だったらしい。

「でも、ありがとね。綾ちゃんを連れてきてくれて。もう会えないと思ってたから、本当に会えて嬉しかった」

「俺も嬉しかったよ。あんなに泣きじゃくる春奈、初めて見た」

僕がそう言うと、春奈は顔を真っ赤にして俯いた。

「からかわないでよ。でも、秋人くんのおかげだよ。本当にありがとう。これで今死んでも悔いなし！　だよ」

春奈はそう言って優しく笑う。そんな言葉は聞きたくなかった。

「なに言ってんだよ。来年、花火一緒に見るって約束したじゃん。それまでは死んだらだめだよ」

「約束を破った人がよく言うよ。まあ、わかりましたよ。頑張ります」

言い終わると、春奈は黙ってベッドに横になった。きっと、たくさん話して疲れたのだろう。そろそろ帰った方がいいかな、と壁にかかった時計に目を移す。面会終了時間まで、残り十五分を切っていた。

「なんかわたしさ、いつも秋人くんにしてもらってばかりで、なにもお返しできてないよね。ごめんね」

弱々しい声で、横になった体勢のままこちらを見て春奈は言った。ごめんねという言葉を、今日は何回耳にしただろう。その中でも今のごめんねは弱々しく、僕の心に響いた。

「べつに気にしなくていいよ。こっちもいろいろ助かってるし。春奈といると嫌なこととか、全部忘れられるんだ。だから、べつにいいんだよ」

「嫌なことって？」

核心を突かれ、僕は沈黙を選んだ。春奈もそれ以上はなにも聞かず、黙りこんだ。

あまりにも沈黙が長いので、春奈の顔を覗きこむと、彼女は眠っていた。

僕はそっと布団を肩までかけてやった。

涙の理由

三浦さんはその後、ほぼ毎日春奈に会いにいっていた。バイトがある日は三十分だけ春奈に会い、それからバイトに行くようになった。付き合いが悪くなったと言われ、取り巻きの女子たちのグループから彼女は外された。

それでも三浦さんはあまり気にしていない様子で、「あの子たちとはまたいつでも遊べるし、今は春奈と一緒にいたいからいいの」と言っていた。

それは強がっているわけではなく、本心のようだった。春奈との空白の時間を埋めるように、三浦さんは春奈の病院に通い詰めた。

僕も当然、彼女に負けじと春奈のもとを訪れている。学校帰りに三浦さんと一緒に行くことも多かったので、付き合っているんじゃないかとまたしても噂になった。

絵里と翔太には、入院中に友達になった人のお見舞いに行っていると話している。

僕と三浦さんは雨の日も、風の日も春奈に会いにいった。花が枯れればガーベラを買いにいく。三浦さんを連れていくと、花屋のおばさんは少し驚いていた。花のように美しい子ね、と三浦さんを褒めていた。

恋人かと聞かれたので、入院してる友達の友達ですときっぱり否定しておく。

三浦さんが来るようになってから、春奈の病室は賑やかになった。僕は嬉しくもあり、少し寂しくもあった。

春奈は三浦さんに任せて、僕は絵里と翔太と過ごす放課後も増やした。春奈だけではなく、僕に残された時間もあまり長くはない。最近はまったく症状が出ていないけれど、僕も確実に死に近づいているはずだ。

父さんと母さんに、やっぱり手術を受けないかと言われることも時々あった。けれど僕はいつも断る。数年寿命が延びるということは、さらに数年両親に心配や苦労をかけるということでもある。僕は早く死んで、両親の気苦労を少しでも軽くすることが親孝行になると考えた。今の僕にできる親孝行と言えば、もはやそれしかないだろう。


「ねえ秋人くん、今度、学園祭があるんでしょ？　綾ちゃんに聞いたよ」

十月の中頃、春奈の病室でそう話しかけられた。今月の最後の週に、僕が通う高校では学園祭が行われるのだ。

「ああ、あるみたいだね。興味ないけど」

「綾ちゃんのクラスね、劇やるんだって！　わたし、見にいく約束したんだ。綾ちゃん、主役を演じるんだって！」

三浦さんのクラスのだし物が劇だということは彼女と同じクラスである翔太から聞いていた。どうやら白雪姫をやるらしいが、三浦さんが白雪姫を演じるとは初耳だった。たしかに彼女なら似合いそうだ。

「約束って、外出できるの？　無理しない方がいいんじゃない？」

「大丈夫！　最近は落ち着いてきたし、お母さんにも頼んであるからきっと外出できると思う！」

春奈は嬉しそうに話す。三浦さんは今日、劇の練習があるからと珍しくここには来なかった。

「ねえ、秋人くんのクラスはなにやるの?」

「なんだっけな。えっと……そうだ。チョコバナナだ。チョコバナナつくって、教室で売るとか言ってたよ」

先週のホームルームでそう決まったのを思い出す。僕はまったく興味がなかったので、そのときは絵を描いていた。なんの絵を描いていたか、そっちの方が簡単に思い出せそうだ。

「チョコバナナいいね! わたし、秋人くんがつくったチョコバナナ、食べにいくね!」

まるで春奈は、王子様に恋をした白雪姫のように目を輝かせて言った。本当に楽しみで仕方がないといった様子だ。

僕は大丈夫かな、と少し不安になった。春奈の余命は、あとわずかなはずだ。けれど考えたくなくて、僕は、「待ってるよ」と微笑んで言う。

三浦さんはその後も、バイトと劇の練習の合間を縫って春奈に会いにきた。僕は絵里と翔太と過ごす時間を大事にしつつ、春奈の病院にも足を運んだ。

僕のクラスはチョコバナナで本当によかったと心から思った。ほかのクラスがやろうとしているお化け屋敷や、三浦さんのクラスの劇のように準備や練習はほとんどない。材料とつくり方さえ覚えれば、あとは当日までやることがない。初めてこのクラスでよかったと思えた。

　学園祭の二日前、僕は久しぶりに春奈と屋上へ行き、ふたりだけの時間を過ごしていた。三浦さんは最後の追いこみがあるとかで、今日も劇の練習だ。

「春奈、寒くない？　上着、貸そうか？」

「ううん、大丈夫。そんなことしたら、わたしより秋人くんが風邪引いちゃうじゃない」

「いいんだよ、俺は」

「よくないよ」

　春奈は言いながらベンチに腰掛けた。目を細めて、沈みゆく夕陽を眺めている。その横顔は寂しそうで、でも綺麗だった。

「なんかこうしてるとさ、デートしてるみたいだよね」

「うん。でもデートなら、そのパジャマはないんじゃない？」

　僕が笑いながら言うと、春奈も「そうだね」と優しく笑う。僕は何回、この笑顔に癒やされているだろうか。

「明日は雨だねぇ」

　空を見上げて、春奈はぽつりと言った。オレンジ色の空にはひつじ雲が広がっている。

「たしか、明日から気温がぐっと下がるみたいだよ」

「そっかぁ。じゃあ、今年はもうここには来られないかなぁ。来年……はわたしには関係ないか……」

春奈は自虐気味に言った。僕は、それに返事ができなかった。

しばらくの沈黙のあと、春奈はゆっくりと話を始めた。

「秋人くんさ、ずっと前に、わたしにやり残したことある？　って聞いたよね」

「……ああ、あったね。懐かしいな」

「あのときわたし、ないって答えたけど、本当はやり残したことあったんだ。今さらもう、遅いんだけどね」

春奈は自嘲気味に笑う。

「それは、なんだったの？」

「わたしね、一度でいいから、恋をしてみたかった。誰かを好きになって、好きになってもらって、その人を幸せにして、楽しい思い出をつくってみたかった」

僕は俯いて、「そっか」と答える。なんて言えばいいか、言葉がうまく出てこない。春奈はどうしてこんな話を始めたのだろう。寂しげな秋の夕陽を前に、センチメンタルな気分になったのだろうか。

「でもさ、わたし、いつ死ぬかわからないし、人を好きになっても虚しい結末だけが待ってると思ったら、そんな勇気なかった」

そうぽつりと言って、春奈はオレンジ色に染まる空を見つめた。

彼女のその言葉に、胸がチクリと痛んだ。

僕も同じだった。春奈の気持ちは痛いほどよくわかる。よくわかるから余計に苦しい。

「まだ、今からでも遅くないと思う。恋なんて、もっと自分勝手なものでいいと思う。もうすぐ死ぬから恋をしないなんて、そんなの逃げてるだけだよ……たぶん」

ぼんやりと夕陽を見つめていた春奈が、僕の言葉ではっとこちらを向く。彼女の目には、涙が滲んでいた。

僕はなにを言っているのだろう、と自分の言葉に笑いそうになる。僕だって病気を理由に逃げていたのだ。好きだった絵里を諦め、同じ境遇の春奈に恋をした。死にゆく者同士の恋なら許されるだろうと、最初はそう思っていた。

でも今はちがう。僕は本気で春奈のことが好きだ。もし僕の病気が治ったとして、それでも僕は春奈のそばにいたい。

いつか絵里と翔太と観にいったあの映画の主人公の気持ちが、今ならわかる。

「もう、遅いよ。だってわたしさ、余命半年って言われてから、もうすぐ半年になるんだよ？　そんな人を好きになってくれる人なんて、いるわけがないよ」

しょんぼりと俯いて、春奈は言った。その目から涙が一滴零れ落ちる。

「いるよ、絶対に」

「え？」

春奈は目を丸くして僕を見る。その純粋で真っ直ぐな瞳が照れ臭くて、僕は目を伏せた。

「ほら、だって春奈さ、全然元気そうだし、医者ってわざと余命を短めに言うらしいよ。だから、春奈はまだまだ生きられると思う。そんなに弱気になることないよ」

僕は早口でまくし立てた。

春奈はまた、困ったように泣き笑いしながら言う。

「そうだよね。なんでもかんでも病気のせいにして逃げるのはよくないね。秋人くんの言うとおりだ。わたし、頑張ってみる」

微笑んだ瞳の端から、春奈の綺麗な涙が零れた。夕陽に照らされ、輝く涙が彼女の膝の上に落ちる。

帰りのバスの中で、僕は後悔していた。あのタイミングで、春奈に僕の病気のことを話すべきだった。それでも、僕はなにも言えなかった。

春奈に打ち明けたら彼女は泣き出すだろうか。それとも怒り出すだろうか。

今まで黙っていたことで、彼女に嫌われてしまうのではないか。そう思ったら、切り出せなかった。きっと翔太のように失望させ、絵里のように悲痛な思いをさせてしまう。

知らぬが仏という言葉がある。きっとなにも知らない方がいいのだ。そうだ、そうしよう。これは墓場まで持っていこう。

そう強く自分に言い聞かせて、バスを降りた。しかし本当にこれでよかったのかな、と再び悩む気持ちは止められなかった。

なにも準備することがないまま、学園祭当日を迎えた。

春奈は外出許可が下りたらしく、三浦さんの劇に合わせて午後から母親と来ることになっている。病院以外で春奈と会うのは初めてだったので、僕は少し緊張して、朝から落ち着かない。

いつもより早い時間に着くと、すでに騒いでいる生徒だらけで、とにかくうるさい。

教室に入り、さっそく準備に取りかかる。

昨日誰かが大量に買ってきたバナナの皮を剝いて、包丁で半分に切る。経費を節約するために、丸ごと一本ではなく半分のチョコバナナを百五十円で販売することになっている。せこいクラスだ。

「秋人、次はバナナに割り箸を刺して。崩れちゃわないように、そおっとだよ」

絵里が優しくそう言った。水色のエプロン姿がよく似合っている。

半分に切ったバナナに割り箸を刺すと、次は誰かがネットで買ったチョコバナナ用の固まりやすいチョコレートを容器に入れ、そこにバナナを入れる。チョコの節約のため、根もとまではチョコをつけない。実にせこいクラスだ。

最後にカラフルなカラースプレーチョコをまぶして完成だ。もちろん、まぶすのは片面だけだ。

開店すると、チョコバナナは想像以上の人気で次々と売れていった。食べやすいサイズ感や手頃な価格設定が功を奏して、まずまずの売れゆきだ。

僕も一本つまみ食いしてみたけど、非常に食べやすくておいしかった。

三浦さんもチョコバナナを食べにやってきたが、彼女はこのあと劇が控えているせいか、緊張した面持ちだった。代金を受け取って、彼女にチョコバナナを渡したのが僕であることさえ、気づいてない様子だった。

そして昼過ぎに春奈がやってきた。

声をかけられるまで、それが誰だかわからなかった。

「秋人くん、来たよ」

キャメルのカーディガンに胸もとには赤いリボン、チェックのスカート姿の春奈が恥ずかしそうに僕を見ている。

「似合うかな？　これ、中学のときに着てたんだ」

春奈は小さく両手を広げて見せた。

「うん。似合ってると思う」と、眩しすぎる春奈の姿につい僕は目を逸らして言った。

「ありがとう」

もう一度春奈に目を向けると、彼女は照れ臭そうに笑っている。パジャマ姿ではない春奈を見て、僕は一瞬発作が起きたのかと勘ちがいするくらいドキドキしていた。

「これ、俺の奢り」

平静を装い、僕は春奈と彼女の母親の分の二本のチョコバナナを渡す。

「ありがとう。おいしそう！」

春奈は本当においしそうにチョコバナナを頬張る。体調はよさそうだ。

「秋人の知り合い？」

絵里が聞いてきた。

「ああ、うん、知り合い」

「そうなんだ。もうすぐ交代の時間だから、一緒に回ってきたら？」

「いいの？」

「うん、いいよ」

絵里の言葉に甘え、僕は店番から解放された。

春奈の母親は、ふたりで回ってらっしゃい、と言って気を利かせてくれた。

「今の子が、この前言ってた幼馴染？」

「うん、そうだよ」

「ふうん、かわいい子だね」

「そうかな」

春奈と賑やかな廊下を歩きながら話す。学校で春奈とこうして並んで歩くことが未だに信じられない。逸る気持ちを抑えつつ、春奈の歩幅に合わせる。

ほかのクラスがやっているメイド喫茶やクレープの店など、春奈はあっちへ行こう、こっちへ行こうと言ってとにかく僕を振り回す。春奈はお化け屋敷にも入りたいと言ったけれど、彼女の体調を心配してさすがにやめておいた。

「ごめん、ちょっと休憩してもいい？」

外の屋台を歩きながら眺めていると、春奈はそう言って近くのベンチに座った。よく見ると額にはじんわりと汗が滲んでいる。

「大丈夫？　ちょっと飲み物買ってくるから休んでて」

弱った春奈をその場に残し、僕は自販機のりんごジュースを買った。

きっと春奈は、本当は体調が悪いのにそれを隠し、無理をしてここまで来たのだろう。本当は外出なんてできる体ではないはずなのだ。それでもこの日がすごく楽しみで、春奈はここまでやってきた。僕は春奈の母親に伝えにいこうかと思ったけれど、先ほどまでのはしゃぎ回る春奈を思い出し、踵を返して春奈のもとへ戻った。

「はい、りんごジュース」

「ありがとう」

春奈は紙パックのりんごジュースをこくこくと飲んだ。少し落ち着いてきたのか、笑顔を見せる。

「やっぱり来てよかった。わたし今、すっごく楽しい」

「それならよかった。辛かったらおばさん呼んでくるから、言いなよ」

「大丈夫。そろそろ綾ちゃんの劇始まるから、体育館行こ？」

学園祭のプログラムと腕時計を交互に見ながら、春奈は言った。僕たちは体育館へ向かう。

「あ、いたいた」

その声に振り向くと、春奈の母親が小走りで駆け寄ってきた。携帯電話を片手に、少し焦っている様子だ。

「お母さん、どうしたの？」

「ごめんハル。お母さん、ちょっと急用で病院に戻らなくちゃいけなくなったの。だから悪いんだけど、今日はもう帰りましょう」

春奈の表情が一気に暗くなる。「でも……」となにかを言いかけて、しょんぼりと肩を落とした。

「もう十分楽しんだでしょ？　また今度、外出しよう？」

春奈は返事をしなかった。彼女に〝今度〟なんてやってくる保証などないのだ。外出できる機会は、今日で最後かもしれない。それに今度どころか、春奈に明日がやってくる保証だってないのだ。それはもちろん、僕にも言えることだけれど。

「あの……俺が春奈を病院に送り届けるんで、あと一時間だけここにいさせてやってください。春奈、三浦さんの舞台をずっと楽しみにしてたんです。お願いします」

僕は深く頭を下げた。春奈はこの日を、何日も前から心待ちにしていた。三浦さんもまた、春奈のために劇の練習を日々頑張っていた。せめてあと一時間だけでも、と頭を下げ続ける。

「うーん、でもねえ……」

「お母さん、お願い。もう少しだけいさせて」

春奈も頭を下げた。春奈の母親は狼狽しながら、「わかったから、ふたりとも顔を上げて」と言った。

「じゃあ、一時間したら帰ってくるのよ。もしなにかあったら、すぐに連絡しなさい」

春奈の表情が、ぱぁっと明るくなった。ありがとうございます、と僕はまた頭を下げる。

春奈の母親を見送ったあと、僕たちは体育館へ移動した。

直前まで三年生のバンド演奏があったようで、館内は多くの生徒でごった返していた。

少し怯えた様子の春奈の手を取り、空いている席を見つけて座る。

「楽しみだね」

「うん、そうだね」

数分後、三浦さんのクラスの劇の開演を知らせるアナウンスが流れた。

人気のある三浦さんが出ることもあってか、体育館には続々と人が集まってきた。

「続きまして二年E組による演劇、白雪姫です」

館内は暗転し、ステージ上の語り手にスポットライトが当てられ、白雪姫が始まった。

女王役は僕が一年のときに同じクラスだった、お調子者の竹本《たけもと》だった。女装した竹本の怪演で、館内は爆笑に包まれる。

その後も竹本のオーバーすぎる演技で、次々と笑いが起こる。

暗転し、場面が変わる。主役である白雪姫の登場だ。ステージ上にスポットライトが当てられ、そこには白雪姫に扮した三浦さんがいた。

彼女が登場してから、館内の雰囲気がガラッと変わった。先ほどまでのお笑いモードは消え去り、ピリッとした空気が漂う。三浦さんの演技は真剣そのもので、緊張感がこちらにも伝わってくるようだった。戯《おど》けた演技を見せていた竹本も、三浦さんに引っ張られるように見事に女王を演じる。

三浦さんの好演を、館内にいる誰もが見惚れていた。隣にいる春奈も、そして僕も。

物語は終盤に差しかかり、白馬に乗った王子が登場する。王子役は翔太だ。

王子が白雪姫に口づけをし、白雪姫が生き返る。口づけをする瞬間、女子生徒何人かの甲高い声が聞こえた。口づけといってもしているふりと事前に聞いていたけれど、僕には本当にしているように見えた。

劇が終わると、館内は盛大な拍手に包まれた。

「綾ちゃん、綺麗だったね」

春奈は目を潤ませて言った。

「うん、そうだね」

春奈の言うとおりだった。普段の口の悪い三浦さんとは別人のようで、月並みな表現だけれど、まるで白雪姫が憑依したかのようだった。

余韻に包まれた体育館を出て、僕たちは三浦さんを待った。

「春奈！　来てくれてありがとう！」

しばらくすると、三浦さんが白雪姫の衣装のまま出てきて春奈に抱きついた。春奈は照れたように笑い、「綾ちゃん、綺麗だったよ」と言った。

三浦さんはすぐに後輩の女子たちに囲まれ、写真をせがまれている。

「ごめんね春奈！　またあとでね！」

そう言って今日誕生した大女優は、体育館へ押し戻されていく。相変わらず、彼女は僕に気づいていない様子だったのが気になったけれど。

「今日、本当に来られてよかった。すっごく楽しかった」

春奈は笑いながら言った。僕には、泣いてるように見えた。


僕と春奈はその後、一緒にバスに乗って病院へ向かった。

車内は混雑していて、空いている席はひとつしかない。僕は当然、春奈に席を譲った。ありがと、と春奈は小さく言って椅子に腰掛ける。余程疲れたのか、春奈はそれきり窓の外を見たまま口を開かなかった。

僕はつり革に摑まり、体重を預けてバスに揺られる。

つい目線は春奈に行く。今、目の前にいるのは、春奈なのだ。いつもは病院の中にしかいない、あの春奈だ。改めて思うと、やっぱり照れ臭い。でも、それと同じくらい嬉しかった。

数十分後、バスは花屋の前のバス停を通る。そのとき、春奈が「あれ見て！」と声をあげた。

僕は窓の外に目を向ける。二十代くらいの女の人が、ちょうど花屋から出てきたところだった。女の人は大きな花束を腕いっぱいに抱えて、幸せそうな笑顔で軽快に歩いていく。それはすべて、ガーベラの花だった。

「何本あるんだろうね、あのガーベラ」

春奈は身を乗り出して窓の外を食い入るように見つめる。

バスは走り出したけれど、春奈は女の人が見えなくなるまで振り返って目で追っていた。

病院に着くと、春奈は着替えると言うので僕は病室の前で静かに待つ。

「もういいよー！」

かくれんぼみたいなかけ声が聞こえたので、僕が入ると春奈はいつもの見慣れたパジャマ姿で、ベッドに横になっていた。

「春奈さ、本当は体調悪かったんじゃないの？」

「うん、ちょっとね。でも、無理してでも行ってよかった」

弱々しい声で、春奈は言った。

その後少しだけ話して、疲れているだろうから今日はもう帰ろうと思い、立ち上がった。

「ねえ、もし、わたしが死んだら」

春奈はそこまで言って口を閉じた。たとえ話でも、春奈が死んだらなんて考えたくなかった。

「口づけして生き返らせてくれる？」

ふざけているのかと思いきや、彼女は真顔で僕を見つめている。

返答に窮していると、「なんてね」と春奈は悪戯っぽく笑った。

白雪姫のように本当に生き返るのなら、僕は迷いなく彼女に口づけをするだろう。けれど、春奈は白雪姫ではない。僕はあの王子のように大切な人を救うことができない。僕は春奈に、なにもしてあげられない。そう考えると自分が惨めで情けなく思えた。

「え……秋人くん？　どうしたの？」

「え？」

「どうして、泣いてるの？」

知らず知らず、涙が頬を伝って流れ落ちていた。僕は慌てて涙を拭う。

「ごめんね？　冗談だよ？　そんなに口づけするの嫌だった？　冗談だから、泣かないで？」

幼い子どもをあやすように、春奈は狼狽しながらもふざけたように言った。涙がもう一滴零れ、僕は無理やり笑顔をつくった。

「そういうことじゃなくて、なんか、ほら、さっきの白雪姫思い出してさ。三浦さんの演技、すごくよかったから……」

下手な言い訳をしながら、涙がぼろぼろと零れ落ちる。何度拭っても止まることはなかった。

「とくに、最後の倒れるところとかさ、すごくよくて、なんか、感動したっていうか……」

声を震わせながら、僕は涙の理由を必死にごまかした。涙は涸れることなく流れ続ける。

春奈は「うん、そうだね。うん、うん」と一緒になって泣いてくれた。ふたりで、たくさん泣いた。

しばらく泣いて、春奈は泣き疲れたのかいつの間にか眠ってしまった。いたたまれなくなって病室を出ると、病室の前に、涙目の三浦さんが立っていた。僕は顔を逸らしてその場を去る。

涙が止まったのは、バス停に着いてからだった。


翌日からは、何事もなかったかのように三人で春奈の病室で学園祭の話をしたり、くだらない話をしたりして、いつもどおりの時間を過ごした。春奈は体調がいいのか悪いのかよくわからず、顔にも出さなかった。

学園祭が終わってから、三浦さんは僕に優しくなった。優しくなったというより、僕が見た限りだと白雪姫の役が抜け切っていないようだった。三浦さんはどうやら典型的な憑依型の女優のようだ。どうせならそのまま一生憑依されていればいいと思ったけれど、一週間後にはもとの三浦さんに戻った。

戻ったあとはいつも以上に僕に厳しくなった。やれ春奈に馴れ馴れしいだの、やれ春奈との距離が近いだの、彼氏を過度に束縛するメンヘラ女のようだった。さらには春奈じゃなくて春奈ちゃんって呼びなさい。そんなことまで言われた。

僕と春奈のふたりだけの楽しい時間はどこへやら、とため息をついたけれど、これはこれで楽しい。なにより、春奈が楽しそうにしているのが嬉しかった。

実は、僕も最近はあまり体調が優れない。ここ数日は微熱が続いているし、春奈の前で一度、立ち眩みがして心配をかけてしまったこともあった。

僕は相変わらず毎月一回は病院に検査をしに行っている。経過はあまりよくないようで、菊池先生も会うたび難しい顔をしていた。

「ねえ秋人くん、わたしの絵、描いてよ」

その日、春奈の病室でふたりで話していると、突然春奈はそんなことを口にした。僕は少し戸惑いながらも、「いいよ」と返事をしてスケッチブックを開く。

春奈はベッドに足を投げ出して座り、髪の毛を耳にかけて照れ臭そうに笑う。その仕草に一瞬ドキリとして目を伏せる。しかしモチーフを見ないわけにもいかず、仕方なくもう一度春奈に目を向ける。

僕はまず、輪郭から描きはじめた。ある程度形ができたら、次に薄っすらと表情を描いて、艶やかな髪を描写する。普段人物画を描くことは滅多にないので、苦戦しながら鉛筆を走らせる。

「ずっと同じ姿勢でいるのって、けっこう疲れるね」

まだ数分しか経っていないのに、春奈は苦笑してもぞもぞと動く。

「疲れたら横になってもいいよ。あとは想像で描くから」

「ううん、大丈夫」

言いながら春奈はピン、と背筋を伸ばす。首から上を描き終えたので、次に春奈の華奢な体を描いていく。

パジャマからちらりと覗く綺麗な鎖骨。少し膨らんだ胸元に、白く細長い指先。今までこんなにまじまじと春奈を見つめることなんてなかったので、胸の鼓動が早鐘を打ちはじめた。

しん、と静まり返った病室に、鉛筆の音だけが響く。描き進めていくとだんだん照れ臭くなって、最後は急いで描きあげた。

「もうできたの？」

「うん、できた」

僕は春奈にスケッチブックを手渡した。

「わあ、やっぱり秋人くん、上手だね」

「そうかな」

春奈は破顔して食い入るように僕が描いた絵を見つめる。

「あ、でもちょっとおしいかな」

「おしいって、なにが？」

春奈は悪戯っぽく笑い、人差し指で自分の目元を指した。

「ほらここ、わたし目の下にほくろがあるんだよ」

「え、そうなの？」

僕はベッドに腰掛けて春奈の目を凝視する。たしかに、彼女の右目の下に小さなほくろがあった。

「ここもちゃんと描かないとだよ。わたしのチャームポイントなんだから」

春奈との距離が近い。これ以上ドキドキすると心臓に悪いので、僕は椅子に戻ろうと立ち上がる。そのとき、春奈が僕の手に触れた。

「……春奈？」

彼女は僕の手を握ったまま、顔を伏せている。温かくて、柔らかい手だ。僕はベッドに腰を下ろし、春奈の顔を覗きこむ。春奈は顔を上げ、僕を見つめ返す。頬が微かに紅潮していた。

そのまま僕たちは数十秒見つめ合う。時間が止まったのかと思うくらい静かで、その瞬間はたしかにふたりだけの世界だった。

すると突然、病室の扉が開き、咄嗟に春奈との距離を取る。

「あれ、もしかして最悪のタイミングで開けちゃった？」

入り口に立って、顔を隠すように両手で口元を覆っている三浦さんが、気まずそうに言った。

「あ、そろそろ帰らないと怒られる」

僕は春奈の方を見ずに、逃げるように病室を出た。

バスに乗ってからも、胸の鼓動が鎮まることはなかった。

次に春奈に会ったとき、とくに気まずさはなく、春奈はなにも気にしてない様子だったので安心した。その代わり三浦さんには、春奈に手を出したらただじゃおかないからね、と睨みつけられた。

それからさらに一週間が過ぎた頃、春奈の体調が急激に悪化した。

その日も僕は学校帰りに三浦さんと一緒に春奈の病室を訪れた。けれど、彼女の病室には誰もいなかった。談話室にも、すっかり冷えこんで人がめっきり減ってしまった屋上にも、彼女の姿はない。

再度春奈の病室に戻り、通りかかった看護師に聞くと、春奈は朝から熱を出し、夕方になっても熱は引かず、一時呼吸不全に陥り集中治療室に移されたのだという。

幸い今は容態が安定しており、このままなにごともなければ明日には一般病棟に戻れるらしい。

集中治療室は面会謝絶で、僕たちは春奈には会えなかった。

「大丈夫だよね、春奈」

バスを待ちながら、三浦さんが憂いを含んだ顔で呟く。

「大丈夫だと思う。たぶん」

「たぶんってなによ」

僕は返事をせず、三浦さんもそれ以上はなにも言わなかった。

僕は後悔していた。いずれこんな日が来るとは思っていた。今日は幸いにも持ち堪えてくれたけれど、一歩まちがえれば春奈は死んでいたかもしれない。いずれ来るとは思っていても、それが今日かどうかは僕にも春奈にもわからない。

もし、今春奈が死んだら最後に春奈と話した言葉がなんであったのか、思い出せない。

僕は常に目の前の現実から逃げてきた。まだ大丈夫だろう、たぶん大丈夫だろう。数日前まで、楽しそうに笑う春奈を見て僕はそう思っていた。けれど、春奈の余命はすでに過ぎていた。僕はその現実を受け入れず、目を逸らしていた。まだ大丈夫だろう、たぶん大丈夫だろうではなく、明日が最後かもしれない、今日が最後かもしれない。そう思って春奈と接するべきだったのだ。

それは春奈に対してだけではない。春奈の心配ばっかりしているけれど、僕だっていつ死ぬかわからないのだ。僕の心臓が止まるのは明日かもしれない。今日かもしれない。そのことをしっかりと胸に刻んでおかなくてはならない。

少ししてバスがやってきた。僕たちは無言でバスに乗り、それぞれ帰路についた。

春奈が目を覚ましたのは、それから二日後の昼頃だった。

昼休みにひとりで弁当を食べていると、春奈からメールが届いた。

『なんか心配かけちゃったみたいでごめんね。もう大丈夫だから、また暇なときにでも遊びにきてね』

僕はそのメールに『今日学校が終わったら行くよ』と返事を打った。

口もとが緩みそうになるのを隠して、僕は弁当を一気に掻きこんだ。

　放課後になって、僕は三浦さんの教室を訪れた。きっと三浦さんにも、春奈からメールが届いているはずだと思ったからだ。

「秋人？　どうした？」

　ちょうど三浦さんと同じクラスの翔太が教室から出てきた。これから部活へ行くのか、黒のエナメルバッグを肩から下げている。

「三浦さんに用があったんだけど」

「三浦？　三浦なら昼で早退したよ。早退というか無断で帰った感じだったかな。携帯見てソッコー飛び出してったよ」

「……そ、そっか。了解」

　僕も早退すればよかった、とため息をつきながらバス停へ向かった。

　春奈の病室に着くと、思ったとおり三浦さんがすでに来ていた。学校サボんなよ、と言ってやったけれど、早坂は春奈より学校の方が大事なんだね、と返されてなにも言い返せなかった。

　僕と三浦さんのやり取りを見て、春奈は眉尻を下げて笑う。僕はこの、春奈の困ったような笑い方が好きだ。

　春奈はベッドの上半分を起こして、それに体を預けるようにして三浦さんと話している。顔色は、あまりよくなかった。ガーベラの花も、枯れてしまって下を向いている。

「ふたりともごめんね。わたしなんかのために、いつも会いにきてくれて」

「いいのいいの。私はともかく、早坂なんて常に暇人で逆に春奈にかまってもらってるだけなんだから」

あながちまちがってはいないので、ここでも言い返せない。

その後三浦さんは、バイトの時間だというので帰っていった。顔が見られてよかったと言い残して。バイトと春奈、どっちが大事なんだよ、と言ってやりたかったけれど、口喧嘩では勝てる気がしないのでやめた。

騒がしかった病室に、静寂が訪れた。

久しぶりに春奈とふたりきりになって、なんだか気まずくて、緊張している。ふたりきりになったのは、春奈に手を握られたあの日以来だった。

「ねぇ、初めて会った日のこと、覚えてる？」

ふいに春奈が話を始めた。彼女はベッドに体を預けたまま、虚空を見つめている。

「もちろん、覚えてるよ。春奈が談話室で絵を描いてて、俺が声をかけた」

あの日のことは、忘れるわけがない。

「そうだね。あのときさ、どうしてわたしに声をかけてくれたの？」

それは——声をかける前から知っていて、気になってあとをつけた、なんてさすがに言えない。僕は言葉を選んで春奈の質問に答えた。

「……春奈は知らないだろうけど、実は俺、もっと前から知ってたんだ、春奈のこと」

「え？　どうして？」

「偶然病院の中ですれちがったんだ。四階の通路で。やっぱり、覚えてないよな」

言い終えてすぐに後悔する。なぜ病院にいたのかと詰問されたら厄介だ。しかし春奈はなにも聞かず、「そうだったんだ、気づかなかったな」と笑うだけだった。

「わたしね、すごく嬉しかったんだ。来る日も来る日も、ひとりで絵を描いてばっかりで、このままわたしは孤独に死んでいくんだって思ってた。寂しかったし、泣きながら絵を描いてたときもあった。わたしのことなんて、誰も見えてないのかなって不安で怖かった」

春奈はそこで言葉を止める。壁かけ時計の秒針の音が、春奈の次の言葉を急かしているかのように聞こえた。

「でもそんなときに、秋人くんがわたしに声をかけてくれた。すごくびっくりして、正直、あのとき焦ってた。頭の中が真っ白で、なに話したかあんまり覚えてないの」

「そうだったんだ。すごく落ち着いてるように見えたけど、内心焦ってたのか。なんか笑える」

あの頃の春奈は冷静沈着で、無表情で、第一印象はあまりいい方ではなかった。それでも僕は彼女のことがずっと気になって、何度も会いにいった。あの日々がずいぶん昔のことのような気がして、なんだか懐かしい。

「でもね、覚えてることもあるんだ。わたし、早く死にたいって言ったでしょ？　あのときは本当にそう思ってた。でも、今はちがう。わたし、死にたくない。もっと生きたい。

もっと秋人くんと一緒にいたい。死んじゃったらまたひとりになっちゃいそうで、それが一番怖いの」

春奈の瞳から、涙が零れた。春奈の涙を、今まで何回見てきただろうか。見るたびにいつも心が痛む。

「秋人くんは気がついていないかもだけど、わたし、余命宣告を受けてから、もう半年過ぎてるんだ」

そんなことはもちろん知っていた。僕は彼女を慰める言葉が出てこなくて、悔しくて唇を噛んだ。時計の秒針の音が、今度は僕を急かす。

「……そうだ。この話知ってる？　余命一年って宣告された人が、その後十年も生きたっていう話」

僕は無理やり頭の引き出しをこじ開け、その話を思い出した。それは僕が余命宣告を受けて絶望の毎日を過ごしていたとき、なにか希望はないのかと、縋るように探して見つけたネットニュースだった。

同じ病気ではないけれど、本当に十年も生き長らえた人は世界のどこかで存在していたのだ。

「十年も生きたの？」

「うん。だから春奈も、その人みたいに十年、いや二十年だって生きられるかもしれないんだ。だからさ、そんなに悲観することはないと思うよ」

春奈に、そして自分にも言い聞かせるように言った。あの記事を見たとき、僕の心に一筋の光が差しこんだのは事実だった。

「二十年、かぁ。わたしも秋人くんも、その頃には三十七歳になってるね。生きてみたいなぁ、それまで」

「生きられるよ、きっと」

「そうかな、ありがとう」

それからしばらく僕たちは無言だった。秒針の音が、今は心地いい。

「わたし、決めた」

沈黙を破って春奈はそう言った。その声には言葉どおり、なにかを決心したような力強さがあった。

「十年や二十年じゃなくてもいいから、一日でも長く生きる。それを決めた」

「いいと思う」

「一日でも、一時間でも一分でも一秒でも、長く生きる。だからわたし、これから毎日病気と闘う。今日死ななければわたしの勝ち。明日も、明後日も闘う。わたし、二十年間勝ち続ける。秋人くんだけじゃなくて、綾ちゃんとももっと一緒にいたいし、わたしが一日でも長く生きることが、親孝行にもなると思うんだ」

「立派だね、春奈は。春奈なら、絶対勝てるよ」

春奈なら、きっと勝てる。心の強い、春奈なら。

僕は心の底からそう思った。

「ありがとう。頑張る」

春奈は僕を見て、慈愛に満ちた表情で笑う。

「だから秋人くんも、頑張らないとだめだよ」

なにをだろうと思ったけれど、僕は「そうだね。いろいろ頑張るよ」と微笑んだ。

翌日から春奈は再び意識を失い、昏々と眠り続けた。


春奈と最後に話をしてから、一週間が過ぎた。僕も三浦さんも毎日病院に通い詰めたけれど、春奈が目を覚ますことはなかった。

「いらっしゃい、ガーベラくん。今日はひとりなんだね」

昨日春奈の病室を訪れたとき、ガーベラが萎れていたので僕はまた花屋に寄った。三浦さんは春奈が日に日に衰弱していく姿を見るのに耐えられず、二日前から来なくなってしまった。きっとそのうち目を覚ますから、春奈からメールが来るのを待ってる。そう言って彼女は今も、春奈からのメールを待ち続けている。

「ガーベラ、六本ください」

「はいよ」

代金を支払い、花を受け取る。

「お友達、入院長いのね」

「……はい。最近はずっと意識がないんです。お見舞いに行っても話せないから、行く意味なんてないんですけどね」

　無理やり笑顔をつくってそう答えた。うまく笑えていたかどうかは、わからない。

「意味ないことはないと思うよ。お友達の目が覚めるまで、会いにいってあげて」

「目を覚ますか、わからないですけどね」

　おばさんはなにも知らないくせに、と思うとつい険のある言い方になってしまった。僕は軽く頭を下げて、踵を返した。

「知ってる？　ガーベラはね、年に二回咲く花なの。春に咲いて、夏は休んでまた秋に咲いて、冬は休む。そして次の春にまた咲くのよ。ガーベラくんのお友達も、ガーベラのようにもう一度咲くといいわね」

　おばさんの言葉に僕は振り返って、もう一度頭を下げて店を出た。

　春奈は今日も穏やかな表情で眠っていた。僕は音もなく昏々と眠り続ける彼女の横に座り、スケッチブックに絵を描く。

　初めて彼女に話しかけたあの日の絵を、僕は描いていた。

　白く眩しい光に包まれた談話室の窓辺の席に座り、ひとり寂しげに絵を描いていた春奈。僕は少し離れたところから彼女を見ていた。

　あの日の光景は、今でもはっきりと思い出せる。彼女が着ていたパジャマの色や柄、テーブルに転がっていた色鉛筆の種類、彼女が描いていた絵。僕の頭の中には写真のように、鮮明な記憶として残っている。

春奈は、今も病気と闘っている。一日でも、一時間でも一分でも一秒でも長く生きるため、必死に闘っている。今日の闘いに勝っても、休む暇もなくまたすぐに闘わなくてはならない。来る日も来る日も春奈は、死ぬまで闘い続けなくてはならない。闘いが終わるのは、春奈が負けたときだけなのだ。

二十年間勝ち続ける、と彼女は言っていたけれど、現実は甘くないだろう。余命半年と宣告された少女が二十年も生きるなんて、奇跡でも起きない限りはありえないことだ。でも、だからこそ思いを強く持つことが大事だ。そうすれば奇跡は起こるかもしれない。

僕は絵を描きながら、この半年間の出来事を思い出す。

ただ死を待つだけの僕の目の前に、春奈が現れた。その日から僕の絶望だらけの毎日は、一変した。いつの間にか僕は、自分の病気のことなんてすっかり忘れるくらい彼女に夢中になっていた。

彼女に出会っていなければ僕は、今頃どうなっていたのだろうか。考えるだけでも恐ろしい。

僕は二度と、人を好きになることはないだろうと思っていた。いや、好きになってはいけないと思っていた。

でも、僕は春奈に恋をした。僕か春奈が死ぬまでの期限付きの恋は、もうすぐ終わりを迎えようとしているのかもしれない。短くて儚い、そして脆い恋。

僕にはまだ、春奈に伝えたいことがふたつある。

ひとつは自分の病気のことだ。きちんと打ち明け、今まで黙っていたことを彼女に謝りたい。そして春奈と共に、僕も自分の病気と向き合い、闘うのだ。

それからもうひとつ、春奈に自分の気持ちを伝えたい。好きです、と。本当は春奈がこうなってしまう前に、元気なうちにもっと早く伝えるべきだった。

次に春奈が目を覚ましたら、その場に彼女の母親がいようが三浦さんがいようが、僕は春奈に好きだと伝える。それが僕の最後のミッションになるだろう。

絵を描く手が止まる。春奈のことを考えていると、いつの間にか目には涙が溜まっていた。もう二度と春奈の前では泣くまいと堪えたけれど、一粒涙が零れると、あとは止めどなく流れ続けた。

しばらく声を出さずに泣いた。結局、絵は完成しなかった。


翌日病室へ着くと、容態がまた急変したのか、春奈の口もとに人工呼吸器が装着され、体には何本もの管が刺さっている。

僕は絶句し、絶望した。

その後も二日間、放課後になると春奈に会いにいったけれど、彼女が目を覚ますことはなかった。

「ねえ早坂、あんた春奈のこと好きなんでしょ？」

その日、春奈のお見舞いに行った帰りのバス停の前で、一週間ぶりに病院へやってきた三浦さんが突然そんなことを言った。待てど暮らせど春奈からメールが来ないので、様子を見にきたのだ。痩せ細った春奈を目の当たりにして、三浦さんは余程ショックを受けたのか、今までずっと黙りこんでいた。

「べつに……好きじゃないよ」

「隠さなくていいから。見てたらわかるよ。あんたわかりやすいから」

僕は俯いて閉口した。

「春奈が目を覚ましたらさ、言ってやりなよ。あの子、きっと喜ぶと思うから」

「……喜ぶかな」

「あんた男なんだから、うじうじしてないで言いなよ。約束ね」

「……うん、わかった」

バスがやってきて三浦さんはさっさと後ろの席に座った。僕は前の席に座って、窓の外を眺める。秋の風に吹かれて、枯葉が寂しく舞っていた。

憂鬱な気分のまま、さらに数日が過ぎた。

ある日の学校帰りに、僕は絵里と翔太と神社を訪れた。三人で昔の話をしていて、絵里が久しぶりに行きたいと言い出した。駅前のカフェでコーヒーを飲んでから、僕の家の近所にある神社へ向かった。

平日にもかかわらず、夕焼け色に染まった境内には参拝客が多かった。

「久しぶりだな、ここに来たの。たしか小学六年生のときに三人で来た以来か？」

前を歩いていた翔太が振り返って言った。

「そうかも。懐かしいね」

絵里がそう言って笑う。

僕にとってこの神社は嫌な思い出しかない。

小学四年生の頃、絵里と翔太と初詣に来て、僕はそこで凶を引いた。五年生と六年生のときには二年連続で大凶を引き当てる快挙を成し遂げた。そして六年生のときの初詣の帰り道、僕は財布を落としてしまい散々な新年を迎えることになったのだ。

それ以来僕は大凶がトラウマになって、初詣に来なくなった。

「秋人、毎年大凶引いてたよな」

「毎年ではないよ。四年生のときは凶だったし、三年生のときはたしか末吉だったし」

僕が反論すると、絵里と翔太は笑い合う。

「そんなことドヤ顔で言われてもなぁ」

「あとでみんなで引こうよ！　おみくじ」

絵里がそう言ったけれど、僕はあまり気が進まなかった。

その後、僕たちは参拝を終え、僕は健康祈願のお守りをふたつ購入した。ひとつは春奈に、もうひとつは僕に。

「秋人！　早く早く！」

絵里が手招きをするので、僕は仕方なくおみくじの列に並んだ。

「よし！　大吉だ！　なになに、待ち人すぐ隣にいるって書いてる」

翔太は大吉を引いたようだ。彼は毎回のように大吉を引き当てる。僕とは正反対の人間だ。待ち人とはきっと、絵里のことだろう。

「私は吉だった。たしか、大吉の次にいいやつだよね？　よかったぁ」

絵里もだいたい、大吉か吉を引いていたっけ。

僕もふたりに続こうと、右手に力を込めておみくじを引いた。わかっていたけれどやっぱり凶だった。僕は不覚にも、大凶じゃなくてよかった、と喜んでしまう。

『願望……願っても叶わず。今は辛抱のとき』

『恋愛……うまくいかず、諦めよ』

『病気……神に祈りなさい』

凶なので、ひとつもいいことが書いていなかった。願っても叶わないのに、神に祈れだなんて無茶苦茶だ。

「まあ、所詮占いだからさ、あんまり気にするなよ、秋人」

翔太が僕を慰める。絵里も僕に憐憫の目を向けてくる。

「でもさ、星座占いとはちがって、神社のおみくじって神のお告げみたいでなんかさ、けっこうダメージあるよな」

僕がネガティブにそう言うと、「じゃあ俺の大吉と交換してやるよ」と翔太が言って、さらに悲しくなった。

深いため息をついてそれを断り、おみくじをポケットにねじこむ。

僕はもう一度、列に並んでおみくじを買った。これは春奈の分だ、とさっきよりも右手に力を込めて引いたが、末吉だった。

『願望……思いがけない形で叶うでしょう』

『恋愛……諦めなさい』

『病気……弱気にならねば治る』

治らねーよ、と心の中で呟いて、僕は肩を落としてふたりに慰められながらその場をあとにした。

家に着いてから、僕は部屋の電気も点けずに勉強机に向かい、健康祈願のお守りをギュッと握りしめてひたすら願う。願っても叶わないと書いてあったけれど、そんなのはやってみなければわからないじゃないか。そう思いながら、僕は願った。

春奈が助かりますように。

春奈が目を覚ましますように。

春奈ともう一度、話せますように。

僕はどうなってもいいから、その代わり春奈だけは、と願った。

気づけば涙が流れていた。僕はポケットから携帯を取り出し、泣きながら震える手で春奈にメールを打った。

『春奈、いい加減起きろよ。そんなに寝てたら目を覚ました日の夜、眠れなくなっちまうぞ。春奈が起きたらさ、大事な話があるからふたりで話そう』

送信ボタンを押した。

——春奈から返事はなかった。

それから六日後の朝、春奈はこの世を去った。

神のお告げどおり、僕の願いは叶わなかった。

届いた想い

いつもと変わらない日曜日。僕は午後から春奈のお見舞いに行こうと思っていたので、目を覚ましたのは午前十時過ぎだった。

起きて携帯を確認すると、六件のメールが届いていた。着信も五件。すべて三浦さんからのものだった。

嫌な予感がして、僕はメールを見るのが怖くて開けなかった。

最初の着信は午前七時十九分。その後すぐにまた着信があって、次は立て続けにメールが四件。その後着信が三件にメールが二件届いていた。最後の連絡は二十分前。

僕が呑気に寝ている間に、只ならぬ事態が起こったのだと容易に推測できる。

携帯を持ったまま固まり、数分が経った。頭の中に嫌な想像が浮かびそうになってはそれを打ち消す。

親指で画面をタップするだけなのに、躊躇ってしまう。僕はまた、目の前の現実から逃げようとしていた。

メールを開けないまままさらに数分が経った頃、三浦さんから着信があった。僕は反射的に通話ボタンを押してしまった。

なにを言っているのか聞き取れない、三浦さんの泣き声が携帯を通して耳に伝わる。

「――春奈、死んじゃった」

泣きじゃくる三浦さんの、その言葉だけははっきりと聞こえた。

覚悟はできていた。起きて携帯を見たときから。いや、それよりもずっと前から。それなのに、わかっていたのに手が震え、足が震え、涙が溢れてくる。視界が滲んでいく。

「なんでこんなときに寝てるのよ！　春奈、最後に目を覚ましたのに！　あんたの名前、何度も呼んでたんだからね！」

絶叫するように三浦さんは僕を責め立てた。彼女の言葉を聞いて、僕は泣き崩れた。ベッドから転げ落ちて、身も世もなく泣き続けた。

信じられなかった。きっと僕は今、悪い夢を見ているのだ。そうに決まっている。そうでなければこれはまちがい電話だ。どこかの、別の春奈さんが亡くなったのだ。僕のよく知る、あの困ったように笑い、いつも寂しげな顔をしている大好きな春奈のことではない。きっと、いや、絶対にそうだ。僕は、無理やりそう思いこんだ。けれど、涙は止まることはなかった。拭っても拭っても止まらない。

「嘘だ。嘘だ。嘘だ！」

僕は頭を抱えながら、何度も叫んだ。

隣の部屋にいた夏海がなにごとかと部屋に入ってきても、僕はかまわず泣き続けた。夏海はわけがわからないまま、僕と一緒になって泣いた。

床に転がった携帯電話からは、まだ僕を責め続ける三浦さんの声が聞こえていた。

それから僕は泣いていた夏海を宥めて、放心状態のまま病院へ向かう。

三浦さんに殴られる覚悟はあったけれど、僕が病室に着いた頃にはそんな気力は彼女に残っていなかった。泣き疲れて、鼻をすすりながら壁にもたれかかっている。

私服姿の春奈の母親も、泣いていた。目と鼻を真っ赤に腫らしている。

春奈は、病気に負けてしまった。でも、立派に闘ったのだ。

春奈は眠っているときと同じように優しい表情で横たわっていた。僕は彼女の亡骸を見てもなお、彼女の死を受け入れられなかった。

ただ眠っているようにしか見えない。すぐにでも目を開けて、おはよう、と優しく微笑んでくれるのではないか、と思った。けれど、僕が呼びかけても彼女は目を覚まさない。

春奈の死に顔は、白雪姫のように美しかった。僕は口づけをする代わりに、春奈に「頑張ったね」と声をかけて、再び涙を流した。

どうやら明け方に春奈の容態が急変したらしい。

春奈の母親から連絡を受けた三浦さんはすっぴんのまま家を飛び出した。病院へ行く途中に何度も僕に電話やメールをくれたようだ。

彼女が病院に着くと、春奈は意識を取り戻した。数分の間だけだったけれど、春奈は僕の名前を呼んだという。その後呼吸不全となり、春奈は息を引き取った。

春奈が苦しんでいるときに、僕は夢の中だった。こんなときに限って、マナーモードを解除するのを忘れて眠ってしまっていた。

初雪が降り、やけに冷えこんだ日、春奈の葬儀は、ごく少数で行われた。

春奈の母親が「最後までハルと一緒にいてあげて」と言うので、僕と三浦さんは火葬場まで同行した。でも僕はあまりにも辛くて、春奈が荼毘《だび》に付される前にそこから抜け出してしまった。

骨だけになった春奈を、見たくなかった。

家に帰る途中に公園へ立ち寄り、ブランコに積もった雪を払いのけて座る。ゆらゆらとブランコを揺らしながら、僕はここでも泣いた。

春奈は十七年しか生きられなかった。

十七年という数字は、月日だけで見れば長く感じる。けれど、人の人生だと考えたら、それはあまりにも短い。

春奈は、幸せだっただろうか。十七年生きて、満足だっただろうか。

そんなわけないよな、と僕はため息をついた。

僕もきっともうすぐ死んでしまう。本当に不幸な人生だった。生まれてから死ぬまで、僕の人生はなにもいいことがなかった。

僕も春奈も、不幸な人間だったのだ。ただ、それだけのことだ。

再びため息をついてブランコから立ちあがると、携帯電話が鳴った。

携帯をポケットから取り出し画面を見ると、三浦さんからの着信だった。また怒られるかな、と思ったけれど仕方なく出ることにする。

「あんたどこにいるの？　勝手に抜け出して、馬鹿じゃないの」

「ごめん」

「まあ、いいけどさ。それより渡したい物があるんだけど、今どこ?」

春奈の母親に、手紙をもらったと三浦さんは言った。僕と三浦さんそれぞれに宛てた、春奈からの手紙があったのだという。

僕は来た道を戻って、斎場の外で三浦さんと合流して手紙を受け取った。手紙といっても、それはスケッチブックを一枚破り取って四つ折りにしただけのものだった。

帰宅してすぐに自室に行き、僕はゆっくりと手紙を開く。

それは短いものだった。そこには赤、オレンジ、黄色の三本のガーベラの絵も一緒に色鉛筆で描かれている。強く擦ったら消えてしまいそうな、寂しいけれど美しい絵だ。


『秋人くんへ。


秋人くん、わたしは秋人くんに出会えて本当によかったです。

辛かった日々が、楽しい毎日へと変わっていきました。

秋人くんは毎日のようにわたしに会いにきてくれて、綾ちゃんも連れてきてくれました。

感謝してます。ありがとね。


わたしはたぶん、一生分笑いました。

それから、一生分の涙も流しました。

早く死にたいと思っていたわたしが、秋人くんと出会えたことで生きたいと思えるようになりました。

これから毎日、病気と闘うって気持ちにもなれたよ。できればもっともっと、一緒にいたいな。

でも、もしものときのために、この手紙に伝えたいことを書いておくね。


秋人くんのおかげで、わたしは幸せだったよ。

秋人くんも、幸せになってね。

わたしの分まで、長生きしてね。

天国から、秋人くんがしばらくこっちに来ないことを祈ってます。

おじいちゃんになった秋人くんと天国で再会できる日を楽しみにしてるね。


それから最後に、秋人くんに伝えたいことがあります。』


手紙はそこで終わっていた。

裏返して続きの言葉を探したけれど、なにも書かれていなかった。

春奈は最後に、僕になにを伝えたかったのだろうか。

もしかしたら春奈は、書いている途中で意識が途切れてしまったのか。あるいはここまで書いて、一旦休憩してそのまま忘れてしまったのか。春奈ならそれもありえるな、と僕は苦笑した。

春奈は最後になにを伝えたかったのかわからないけれど、幸せだったと書いてあって、救われたような気持ちになる。

僕と出会ってよかったとも書いてあった。それが嬉しくて何度も手紙を読み返し、ガーベラの絵を指でなぞり、そしてまた僕は涙を流した。

葬儀が終わってから一週間経っても、僕は春奈の死を哀惜し、前を向けずにいた。春奈と交わした言葉の数々を思い出しては、毎晩のように涙を流していた。

その日も僕は、寝る前にまた春奈のことを考えた。

——一日でも、一時間でも一分でも一秒でも長く生きる。

春奈のあの言葉が、僕の心にずっと引っかかっている。

考えに考え抜いて、僕はある決断をした。

——手術を受ける。

もし春奈だったら、と考えた。数年延命できるかもしれない手術があるとしたら、春奈は迷うことなく手術を受けるだろう。僕が手術を受けなかったら、そんな選択肢すらなかった彼女はきっと怒る。

春奈に打ち明けていたら、彼女は僕に手術を受けろと言っていたにちがいない。一日でも長く生きることが、春奈の目標だった。僕も春奈のように、病気と闘わなくてはならないのだ。

　翌日、父さんが仕事から帰ってくると、僕はリビングに行き、父さんと母さんをソファに誘導した。ふたりは僕の只ならぬ様子に気づいたのか、姿勢を正した。

「俺さ、やっぱり、手術受けたい。お金のこととか、いろいろ迷惑かけちゃうけど、やっぱり受けたい。手術、受けてもいい？」

「当たり前じゃないか」

　父さんは即答した。

「迷惑だなんて、なにを言ってるの。お金のことはなにも心配いらないから、菊池先生にすぐにでも紹介状、書いてもらいましょう」

　母さんが頬を緩めて言う。

「本当はもっと早く受けるべきだったんだろうけど、今さらになってごめん。それからふたりとも、本当にありがとう。今までも、これからも」

　母さんは口もとを押さえて涙を流した。僕はまた、母さんを泣かせてしまった。本当に僕は、親不孝者だ。

「いいんだよ、そんなこと。でも、よく受ける気になってくれたな。本当によかった」

「ある人が、言ってたんだ。一日でも、一時間でも一分でも一秒でも長く生きることが、親孝行になるんだって」

父さんは目を丸くして、それから微笑んだ。

「そのとおりだな。うん、本当に、そのとおりだ」

父さんも泣いた。眼鏡を外して、目頭を押さえて「風呂入ってくる」と涙を隠すように逃げていった。

これでいいんだよな、春奈。心の中で見えない春奈に問いかける。

いいんだよ、それで。そう聞こえたような気がした。

僕の手術は、年が明けてすぐに行われた。

検査があるらしく、手術の数日前に転院した。病院とは思えないほどおしゃれな建物で、少し気持ちが楽になった。

精密な検査の結果、手術の成功確率はさらに減ってしまった。三割か四割か、と偉い医者は難しい顔をしていた。でももし手術をしなかったら、腫瘍の位置が悪く、これ以上大きくなってしまうと血流が遮断され、突然死を来《きた》す可能性があるとも言われた。

人工心肺という心臓と肺の役割をしてくれる機械を使い、心臓を一時的に停止させて腫瘍の一部を取り除くらしい。その後も専門用語を交えた長い説明を受けたが、僕には難しすぎて理解できなかった。

手術が成功すれば数年は延命できるかもしれない、きっと成功させるから、と医者は不安に押しつぶされそうになっていた僕を励ましてくれた。けれど、いくら腕のいい医者に励まされても、心許なかった。

僕は昔から運が悪い。たとえ手術の成功確率が九十九パーセントだと言われても、ちっとも安心できない。ましてや今回は三、四十パーセントなのだ。不安でしかなかった。

僕は十本中、九本が当たりのクジでも、たいていハズレの一本を引いてしまうタイプの残念な人間だ。正直言って怖かったけれど、僕にはもう失うものはなにもない。失敗すれば春奈に会えるわけだし、それでもいいか、と考えることにした。

手術は、六時間にも及んだらしい。

手術中に、僕は夢を見た。

いつものように春奈の病室を訪れ、彼女と話をする。春奈は時折困ったように笑い、それを見て僕も笑う。病室には、温かく優しい時間が流れていた。

場面が変わり、僕と春奈は不思議な場所にいた。青い空に青い海、空には虹がかかっていて、周りには色とりどりの花。僕はこの場所に見覚えがあった。

春奈と手を繋ぎ、僕たちは無言で野原のような場所を歩いていく。と、前方に、幻想的な階段が見えてきた。空へと続く、虹色の階段だ。

僕が春奈に初めて声をかけたときに、彼女のスケッチブックにあったあの虹色の階段。

そこは、春奈が描いた絵の中の世界だった。

春奈は僕の手を放し、ひとりでその階段を上っていく。僕は追いかけようとしたが、春奈は優しく微笑み、首を横に振った。彼女が一歩一歩階段を上っていくのを、僕は泣きながら見ていた。

春奈が見えなくなったところで、僕は目を覚ました。寂しい夢だった。

手術は終わっていた。

奇跡的に手術は無事成功したらしく、僕は二日後にＩＣＵで目覚めたらしい。術後の痛みが想像以上で、ベッドから起きられなかった。

僕はしばらく都会の病院で入院することになった。

入院生活は、退屈なものだった。

遠方の病院だというのに、絵里と翔太が新幹線に乗って会いにきてくれた。本当にこのふたりには感謝している。手術を受ける話をしたときも、ふたりはナーバスになっていた僕を励ましてくれた。

わざわざ遠くまで来たのに、観光もせずに一日中僕の話し相手になってくれて、夕方頃にふたりは帰っていった。


入院生活が三週間を過ぎた頃、僕はあまりにも暇すぎて、なんとなく携帯で『桜井春奈』、と春奈のフルネームを検索してみた。僕の好きなグラビアアイドルを検索して、ひとときおり画像を眺めて、そのあとにふと思いついて春奈の名前を入力してみただけの、単なる暇つぶしだった。

検索結果が表示される。

ＳＮＳで同姓同名の人が表示されたり、漢字は少しちがうけれど、アニメのキャラクターにもサクライハルナというキャラがいたりして、思わず笑ってしまった。

次のページに進むと、とあるブログを発見した。『桜井春奈の秘密のブログ』というタイトルがつけられていて、ドキリとする。でもまさか春奈のではないだろう。秘密なのに、フルネームをタイトルにつけて馬鹿なやつだな、と思いながら中を覗く。

最初の記事を見て手が震えそうになった。

そのブログはまちがいなく、僕のよく知る春奈が書いたブログだったからだ。僕の名前が出てきたのですぐにわかった。

僕は順番に記事を見ていった。三浦さんの名前も出てくるので、やはり春奈のブログでまちがいなかった。

そこには嘘偽りのない、彼女の本心が綴られていて、読み始めたら泣けてきた。

「大丈夫かい？　兄ちゃん」

病室は相部屋だったので、隣のベッドで休んでいた四十代くらいの短髪のおじさんに気づかれてしまった。

「大丈夫……です」

そう返事をして、布団に顔を埋めた。

読むたびに笑ったり、泣いたりを繰り返す。

読んでいる途中で、ふと気がついたことがあった。このブログには、コメントができるようになっている。

春奈にはもう届かないけれど、僕は春奈が書いた最初の記事に戻り、そのすべてにコメントを書くことにした。

『七月十七日。晴れ。体調はまずまず。

お母さんに携帯を買ってもらってから、一週間が経ちました。やっと慣れてきました。秋人くんと毎日連絡取れて、最近はとにかく楽しいです。

前からずっと日記を書きたいと思ってた。でも形に残るのは嫌だから、このブログをつくりました。タイトルはかなり悩んだ挙句、『わたしの秘密のブログ』ってつけた。ここなら誰にも気づかれないし、なんでも自由に書ける。今日から毎日サボらずに頑張ります！』

――『俺も毎日春奈と連絡が取れて、すごく楽しかった。いろんな話をしたね。たまにメールを読み返したりしてる。それと、タイトルにフルネームが入っているけど、あとで気が変わって変更したのかな？　春奈らしいね（笑）秋人』

『七月二十日。曇り。体調は良好。

最近は暑くなってきたから、屋上に行けなくて辛いです。

秋人くんは今日から夏休みらしいです。楽しそうで羨ましかった。わたしなんて毎日が夏休みみたいなものだから。

そのあと勇気を振り絞って、一緒に花火を見ようって秋人くんを誘ってみた。きっと好きな人がいるだろうから、断られると思ってた。でも秋人くんは、一緒に見ようって言ってくれた。嬉しくて泣いちゃいそうだった。去年はひとりで見たから本当に楽しみ。体調悪化しないといいなあ』

――『泣いちゃいそうなほど嬉しかったんだね。強がらないで素直に病気のことを話していれば、一緒に見られたのに。約束守れなくて、本当にごめん。秋人』

『八月五日。晴れ。体調は絶好調。

今日は検査の日でした。担当の先生、眉間にしわを寄せて怖い顔してた。外出したいってお願いしたら、だめだって言われた。最近は体調いいんだけどなぁ。

そのあと珍しく秋人くんがガーベラを六本持って午前中に来てくれた。わたしに夢中なんだね（笑）

もう少し話したかったけど、すぐに帰っちゃった。幼馴染と映画を観にいくんだって。もしかしてその人が、秋人くんの好きな人なのかなあ。

こんな病人より、健康な人の方がいいよね……。本当は花火も、幼馴染の子と見たいのかな』

──『たしか、俺が倒れた日だね。すぐに話すべきだった。ごめん。それと、病人だとか、健康だとか、そんなのは関係ないよ。花火も、春奈と見たかったよ。秋人』

『八月十三日。雨。体調はまずまず。

最近、秋人くんが来てくれなくなった。夏休みだから、いっぱい遊んだりして忙しいのかな。海とかプールとかお祭りとか、夏は楽しいことがいっぱいあるもんね。きっと夏休みを満喫してるんだろうなぁ。せっかくの夏休みだし、わざわざわたしのお見舞いなんて来てる場合じゃないよね。メールの返事も、前より遅くて寂しい。

わたしは今日も、一日中絵を描いて過ごした。

花火大会の天気予報、雨になってる。晴れるといいなぁ』

──『俺もずっと病院にいました。辛い毎日でした。寂しい思いをさせてごめん。秋人』

『八月十五日。雨。体調は、あまりよくない。

花火大会前日。雨は止みそうもない。てるてる坊主を沢山つくった。静かな病室でいっぱい。悲しいけど、てるてる坊主だけは笑顔にしてあげた。きっと明日の花火大会を晴れにしてくれるよね。

秋人くんは今日も来なかった。もう来てくれないのかな。メールも全然来なくなったから、彼女ができたのかもね。

そういえば今日、売店に行こうと思って一階に下りたら、秋人くんに似ている人を見かけた。リハビリルームに入っていった。いるわけないのに、ちょっと似てたからって秋人くんだと思いこむわたし、馬鹿だ』

――『馬鹿じゃないよ。それ、俺だよ。まさか見られていたとは驚き。春奈にだけは見つからないように必死に逃げ回ってたのに。今思うと、馬鹿みたいだ。秋人』

『八月十六日。雨のち晴れ。体調はよくない。

朝は雨が降っていたけど、夕方から晴れた。やっぱりわたしのてるてる坊主は効き目がすごい。でも、せっかく晴れたのに秋人くんは来なかった。

泣きながらひとりで花火を見ていたら、秋人くんから電話が来た。びっくりしたし嬉しかった。秋人くんの声を聞きながら、花火を見た。ふたり並んで花火を見ているみたいで、ドキドキした。

来年こそは、一緒に見ようって言ってくれた。今度はたぶん、わたしが約束を破っちゃう番になると思う。でも、すっごく嬉しかった。

胸が高鳴って、秋人くんにわたしの気持ちを伝えた。でも、花火の音で聞こえなかったみたい。きっともう、言えないだろうなあ』

――『あれは今まで見た花火の中で一番綺麗だった。一緒に見られなくて本当にごめん。全部打ち明けていれば、一緒にいられたのにね。

気持ちって、もしかして告白？　それなら直接聞きたかったな。秋人』

『九月七日。晴れ。体調はよくない。

今日は秋人くんが来てくれた。やっと来てくれた。嬉しくて、顔を見た瞬間に泣きそうになった。でもなんか悔しくて全然寂しくないふりをしてやった。ガーベラも六本買ってきてくれて嬉しかった。ガーベラにも、久しぶりに会えました。

秋人くん、あまり元気がなかった。少し痩せたようにも見えるし、心配。

なにかを隠してるような、そんな素振りだった。初めて会ったときからそうだった。なにかを抱えこんでいるような、そんな感じ。

でもわたしは聞かない。秋人くんが話してくれるまで、待つ』

──『俺も会えて嬉しかった。六本だけじゃなくて、もっとたくさん買っていけばよかったね。それから病気のこと、結局最後まで話せなくてごめん。秋人』

そこから先のブログは、一週間飛んだり、二週間飛んだりとまちまちだった。ちょうどその頃から、春奈の体調が悪化しだしたのを思い出す。

それでも春奈は僕の前では明るく振る舞い、心配をかけまいと弱音を吐かなかった。本当は辛いくせに、春奈はいつも強がっていた。僕はそれに気づいていながら、気づかないふりをし続けた。現実を直視したくなくて、春奈の余命のことはなるべく考えないようにしていた。そうすることで僕は、自我を保っていた。

『九月二十一日。曇り。体調悪い。

今日は秋人くんの誕生日だった。ずっと前に誕生日を聞いて、忘れないようにスケッチブックにメモっておいた。どうやって祝ってあげようか、なにをプレゼントしようか、二ヶ月くらい前からこっそり計画立ててた。でも結局、体調が悪くてなにも用意できなかった。秋人くんにバレないように、何日も前から飾りつけ用の折り紙を折って準備してたのに。

でもクラッカーだけは用意できたから、ドアの陰に隠れて秋人くんを祝ってあげた。秋人くん、すごくびっくりしてた。
　プレゼント、用意できなくてごめんね』
　――『背後からクラッカーなんて初めてでびっくりしたよ。体調悪かったのに、ありがとね。ある意味、今までで一番忘れられない誕生日になったよ。秋人』
『九月二十八日。晴れ。体調悪い。
　今日は忘れられない一日になった。
　秋人くんが綾ちゃんを連れてきてくれた。もう、二度と会えないと思ってた。綾ちゃん泣いてた。わたしも泣いた。ふたりでたくさん泣いた。秋人くん、困ってた。
　ふたりが帰ったあと、夜遅くまで綾ちゃんと電話して、いろんな話をした。病室でたくさん話したのに、まだまだ話し足りない。とにかく楽しくて、いっぱい笑った。こんなに夜更かししたの、初めてだ。無料通話のやり方を教えてもらったから、また明日も電話する約束をした。楽しみだ。
　死ぬ前に、綾ちゃんと仲直りができてよかった。秋人くんには、感謝しかない。本当にありがとう』
　――『どういたしまして。本当に連れてくるのに苦労したんだよ。苦労した甲斐があったよ。でも、もっと早く、春奈の体調が悪くなる前に三浦さんを連れていくべきだった。秋人』

『十月十三日。雨。体調はまずまず。

昨日、綾ちゃんと約束した。秋人くんと綾ちゃんの学校で、今月末に学園祭があるんだとか。綾ちゃんのクラス、白雪姫の劇をやるらしくて、わたし、それを見にいく約束をした。秋人くんのクラスはチョコバナナ屋さんをやるみたい。わたし、食べたことないから食べてみたい。

当日はなにを着ていこうかな。お母さんに化粧をしてもらって、久しぶりに制服を着て行きたいな。美容室にも行きたい。

あと、秋人くんの幼馴染にも会いにいこう。きっとかわいい子なんだろうなあ』

——『食べたことなかったんだね。あんなケチケチしたチョコバナナじゃなくて、ちゃんとしたやつつくればよかった。幼馴染って絵里のことかな？　春奈のこと、絵里にもちゃんと紹介すればよかったな。秋人』

『十月二十八日。晴れ。体調あまりよくない。

今日は待ちに待った、秋人くんと綾ちゃんの学校の学園祭。本当は体調悪かったけど、お母さんに嘘をついて連れてってもらった。

秋人くんの幼馴染、悔しいけどすごくかわいくていい子だった。秋人くんのことお願いしますって言えばよかったな。

ふたりで校内を歩き回って、疲れたけど楽しかった。秋人くんは歩くのが遅いわたしの歩幅に合わせてくれて、優しかった。

それから綾ちゃん。すっごく綺麗だった。劇も感動したし、キラキラ輝いて見えた。綾ちゃんだけじゃなくて、あの学校にいた生徒たちはみんな輝いてた。わたしの居場所はどこにもなくて、羨ましかった。

そのあと秋人くんが病院まで送ってくれたけれど、わたし、変なことを言って秋人くんを泣かせちゃった。秋人くんが泣いてるとこ見たの、初めてだった。胸が苦しくなってわたしも泣いちゃった。ごめんなさい』

――『三浦さんの演技すごかったよね。それから、あのとき急に泣いてごめん。なんか、悲しくなって気づいたら泣いてた。本当はこのときに、春奈に俺の気持ちを伝えるべきだった。春奈もきっと、待っていたよね。秋人』

『十月三十日。晴れ。体調はよくない。

今日は秋人くんに、わたしの絵を描いてもらった。まじまじと見られて恥ずかしかった

けれど、秋人くんも描きながら照れてた（笑）
秋人くんが隣に座ってくれて、思わず手を握っちゃった。男の人の手を握ったのお父さん以外では初めてだった。秋人くんの手は大きくて、男の子の手なんだって、当たり前だけどそう思った。ずっとそうしてたかったけど、綾ちゃんが来たら帰っちゃった。すごくドキドキして、心臓が止まるかと思った』
――『春奈が急に手を握ってきたから、俺も心臓が止まりそうでした。危うく春奈に殺されるところだったよ（笑）
三浦さんのやつ、もしかしたらタイミングを見計らって扉を開けたのかもね。いや、きっとそうだ。秋人』

『この記事には鍵がかけられています』

その次の十一月五日の記事には、鍵がかけられていた。四桁の数字のパスワードを入力しなければ、中には入れない。僕は何度かいろいろな数字を入れてみたけれど、結局諦めた。なにが書かれているのか気になったが、またそのうちパスワードに挑戦することにして次の記事に進む。
次が、春奈が最後に書いたものだった。

僕が春奈と最後に会話をしたあの夜。

僕が帰ったあとに、春奈はこれを書いたのだろう。


『十一月十八日。

わたし、意識を失ってたみたい。もう少しで死ぬところだったって。

秋人くんと綾ちゃんにメールしたらふたりとも来てくれた。

そのあと久しぶりに秋人くんとふたりで話をした。初めて会った日の話をして、懐かしかった。

余命一年の人が十年も生きた話を秋人くんがしてくれた。わたしもその人みたいになりたいから、毎日病気と闘うって決めた。

それから寝る前に手紙を書いた。お母さんと秋人くんと綾ちゃんに。スケッチブックに挟んでおいた。

手紙の最後に、秋人くんにわたしの気持ちを書いた。秋人くんなら、きっと気づいてくれるはず。ほかの人に読まれてもいいように、わたしたちにだけわかるように書いた。でも秋人くん鈍感だから、気づかないかもしれない。気づいてくれるといいなあ。

（追記。十一月十八日、二十二時三十三分）

今まで書いた記事を全部読んだ。

わたしが死んだら、このブログはどうなっちゃうんだろう。そのうち消えちゃうのか、誰にも気づかれずに永遠に残り続けるのか。どっちにしても悲しい。だから、タイトルを変えました。秋人くんか綾ちゃんが、いつか見つけてくれるといいな』

――『この日が春奈と最後に話した日だったね。あの夜春奈と話してなかったら、きっと手術を受けなかったと思う。春奈、本当にありがとう。春奈がいなかったら、俺はとっくに死んでたよ。

毎日病気と闘ってた春奈、すごく立派だった。ゆっくり休んでください。

タイトルも変えてくれてありがとね。おかげで見つけられたよ。

手紙ってあの手紙？　なにも書いてなかったよ？　家に帰ったらもう一回確認してみます。秋人』

すべての記事にコメントを書き終えた。最後は泣きながら書いていた。

もう一度春奈に会えたような、そんな思いだった。

結局、手紙にあるという〝春奈の気持ち〟についてはよくわからなかった。僕も春奈も最後まで言いたいことが言えないまま、終わってしまった。

エピローグ

僕が退院したのは、それからすぐだった。

退院の日、父さんや母さん、夏海が迎えに来てくれた。父さんが運転する車に、助手席に母さん、後部座席に僕と夏海が座った。自宅まで四時間ほどの長いドライブだ。家族四人で長時間のドライブは、ずいぶん久しぶりのことだった。

「ねえ、お兄ちゃんよくなったんだし、家族旅行行けるよね？」

夏海が身を乗り出して言った。

「そうだな。でもよくなったといっても、治ったわけじゃないから。秋人の体調次第だな」

穏やかにそう言った父さんと、ルームミラー越しに目が合った。僕は目を逸らして車窓の外に視線を移す。車は高速道路に入った。

「いつでもいいよ、旅行。温泉でも、遊園地でも」

シートベルトを締めながら、僕は言った。

「本当？　いつ行こっか！　おばあちゃんももうすぐ退院するから、おばあちゃんも一緒に行こうよ！」

僕の声に、すぐさま夏海が反応する。

「次の週末でもいいし、あと春休みにも旅行しようか。いいだろ？　秋人」

「うん。べつにいいよ」

どこへ行こうか、と母さんが笑った。夏海も楽しそうに笑う。ルームミラー越しに見えた父さんも、優しく微笑んでいた。

そこから家に着くまで会話は途切れることなく、車内は明るかった。

僕は春奈の話を初めて家族に話した。四時間もあったので、春奈と出会ってからの話をするには、十分だった。僕は笑ったり泣いたりしながら話した。父さんも母さんも夏海も、穏やかな表情で僕の話を聞いてくれた。

僕たち家族は、仲がよかったあの頃のように、明るい家族に戻ったような気がした。


復学したのは二月の半ばだった。

僕が心臓病だということは、クラス中に知れ渡っていた。さすがに冬休みが明けて一ヶ月も学校に来なければ、先生も話さざるを得なかったようだ。もちろん余命のことは伏せられている。

クラスのちがう三浦さんには僕から話した。学校では言いづらかったので、夜になって電話をかけた。ただの心臓病だと伝え、長く生きられないということは、言わなかった。

「やあ早坂くん。入院してたんだってね。君が休んでる間に席替えがあって、また隣の席になったんだ。残り少ないけど、三学期もよろしく頼むよ」

眼鏡をくいっと押し上げながら、高田が言った。

今度はちょうど真ん中の列の、一番後ろの席だった。僕の斜め前には、絵里もいる。悪くない席だ。

「高田くんさ、その眼鏡、顔のサイズに合ってないんじゃないの？　本を買う前に、眼鏡を買った方がいいと思うよ」

　僕がついにそう言うと、彼の眼鏡の奥の小さな目が丸くなった。

「ああ、いや、これはこれでいいんだよ。好きでやってるんだから」

　高田はそう言うと、文庫本を開き、続きを読み出した。

　これからは、言いたいことはちゃんと言おうと心に決めていた。手術のおかげですぐに死ぬようなことはなくなったけれど、いつ死んでもいいように、後悔しないように生きると決めたから。

　その日の放課後、僕は久しぶりに美術室に向かった。一年くらい出ていなかったけれど、一応僕は美術部員だ。部活は休みの日で誰もおらず、がらんとした教室の後ろの棚を見ると、まだ僕の油彩道具があった。それを取り出し、真っ白なキャンバスをイーゼルにセットした。まずは鉛筆で下書きをする。

　僕の人生最後の作品を描く、というミッションを達成するべく、キャンバスに迷うことなく鉛筆を走らせた。

　下書きが終わったところで、次は木製のパレットに油絵の具を出して、絵に色をつけていく。久しぶりに嗅いだ油絵の具の匂いが鼻腔をくすぐる。心地いい匂いだ。

　描いているうちにふと思った。これは最後ではなく、僕の第二の人生の最初の絵にしよう、と。余命一年と宣告されてから、一年が過ぎた。春奈と出会っていなければ、僕は今頃死んでいただろう。だからこの絵は、春奈が僕にくれた第二の人生の最初の絵、ということにした。そもそも僕から絵を取ってしまうと、なにも残らない。やっぱり僕にはこれしかないのだ。

ひとりで頷きながら、誰もいない美術室で時間を忘れて絵を描き続けた。ゆっくりキャンバスに向かうのは久しぶりで、気づけば外は真っ暗になっていた。

僕はそれから一週間かけて絵を完成させた。

絵を完成させた日は、僕の隣に絵里がいた。僕が最近放課後に美術室に通っていることが彼女にバレてしまい、事情を説明したのだ。

「第二の人生の最初の絵？　じゃあさ、描き終わったら見せて」

そう言われたので、仕方なく絵里を連れてきた。

最後に全体のバランスを見て、微調整をして絵が完成した。

「綺麗な絵だね。こっちの男の子が秋人で、こっちの女の子が……春奈さん？　だっけ？」

僕の描いた絵をまじまじと見つめて、絵里はそう言った。春奈のことは遠方の病院にお見舞いに来てくれたときに、絵里と翔太にはすべて話していた。

「うん、そうだよ」

「なんか、夏って感じでいいね。とくに花火が綺麗。迫力があるっていうか、なんかもう花火って感じ」

「なんだよそれ」

僕は苦笑して油彩道具を片付けはじめる。僕がとくに力を入れて描いた花火の部分を褒められて、少しだけ嬉しかった。

僕が描いた絵は、あの日果たせなかった約束だった。それを僕は絵にした。病室の窓から見える虹色に輝く数発の花火。中心から外へ広がり、長く尾を引く様は我ながらうまく描写できた。僕と春奈は並んでその花火を見上げる。病室の窓にはたくさんのてるてる坊主が吊るされている。もちろんベッドテーブルには、春と秋に咲く、あの花も描いた。色とりどりの六本のガーベラが、病室を華やかに彩っている。

後ろ姿なので僕と春奈の表情は見えないけれど、きっとふたりとも笑っているだろう。これで約束を守ったことにはならないよな、と完成した絵を眺めながら僕は微笑んだ。

百点をつけたいところだけど、約束を守れなかったのでマイナス一点とし、九十九点にしておいた。


週末、朝から雨が降っていたけれど、春奈の墓参りに出かけた。三浦さんはすでに何回か訪れているようで、場所を教えてもらいひとりで向かう。

音もなく降り続く細雨はやけに心地よく、僕の足取りを軽くする。いつものバスに乗りこみ、一番後ろの座席に腰掛ける。

墓参りに行くのだから、花を買わなくてはいけない。

僕はもはや行きつけとなった花屋へ向かった。

「あら、ガーベラくんじゃない。久しぶりねぇ。お友達、退院したのかと思ったわ」

売り物の花に水をやりながら、おばさんは屈託なく笑った。相変わらず、花のように優しい笑顔だった。

「いえ、そういうわけではないんですけど」

「今日もガーベラ、買っていく？」

僕はガーベラに伸ばしかけた手を止めて、ちがう花を選ぶ。

「今日は、この花を買いにきたんです」

僕は仏花と書かれた花を手に取り、おばさんに渡す。

「ああ……そう」

おばさんの声が沈んだ。

気まずくなってしまったので、無言で会計を済ませた。

おばさんの顔は見ずに、店の出口に向かった。僕を呼び止める、いつものおばさんの声はなかった。

僕はふと足を止め、振り返った。

「あの、ひとつ聞いてもいいですか？」

おばさんは俯いていた顔を上げ、「ええ、どうぞ」と言った。

もう一度ここへ来ることがあったら、おばさんに聞こうと思っていたことがあった。

ずっと、気になっていたことだった。

「三本のガーベラって、どんな意味があるんですか？」

春奈が僕に宛てた手紙に描かれていた、三本のガーベラの絵。

何度読んでも文章には書かれていなかった〝春奈の気持ち〟。となると絵になにか意味があったのではないかと僕は考えた。それが、春奈が僕に伝えたかったことなのではないだろうか。

僕の問いに、おばさんはふふっと笑って答えた。

「三本のガーベラはね、『あなたを愛しています』っていう意味があるのよ」

その言葉を聞いた瞬間、僕の胸に激痛が走った。同時に目には涙が溜まり、流すまいと必死に堪えた。けれど、堪えられなかった。涙が零れ、止まることなく流れ落ちていく。

なにも絵で伝えなくてもいいじゃないか。直接言ってくれても、手紙に書いてくれたってよかったのに。けれど、それは春奈の精一杯の照れ隠しだったのだと思うと、胸が熱くなって、止めどなく涙が溢れて僕の頬を濡らした。

今すぐ春奈に会いたい。春奈に会って、僕の気持ちを伝えたい。どうしようもないくらい、春奈が恋しい。

おばさんはなにも言わず、動揺もせず僕を見ていた。

恋をすることを諦めていた春奈は、僕に恋をしてくれていた。そのことが、僕はなによりも嬉しかった。

僕だけではなかったのだ。春奈もまた、『期限付きの恋』をしていたのだ。

「すみません。やっぱりこの花やめて、ガーベラを三本、ください」

震える声で僕がそう言うと、おばさんは優しく微笑み、「私も、それがいいと思うわ」と言った。

バスを降りると、雨は止んで雲間から太陽が顔を出していた。まるで春奈がここだよ、と僕を導いてくれているかのように、空から差しこむ光の先に、春奈の墓があった。

春奈は父親と同じ墓に入った。

墓石には、『桜井家之墓』と書かれていた。墓誌には、春奈の名前と年齢、死亡年月日が刻まれている。

その文字を指でなぞる。十七歳と彫られた文字に、胸が痛んだ。

花立てに赤、黄色、オレンジの三本のガーベラを挿した。やっぱり三本じゃ寂しい感じがしたけれど、これでいいのだ。

手を合わせて、目を瞑る。まぶたの裏に春奈の姿が蘇る。

僕の思い出の中の春奈は、いつも笑っていた。困ったように笑う、あの笑顔。優しくて、抱きしめたくなるような春奈の笑顔が、僕は好きだった。

僕の人生の最後の恋とも言える期限付きの恋は、約半年間という短いものだった。短かったけれど、僕にとってはかけがえのない、大切な時間だった。

春奈と出会えたことで、僕は自分の病気と向き合うことができた。

両親と、また昔のように笑い合えるようになった。

投げやりになっていた僕の人生を、取り戻すことができた。

春奈がいなければ、僕は手術を受けることもなかっただろう。彼女は僕に、もう少しだけ生きる時間を与えてくれた。

目を開け空を見上げる。春奈が描いた絵のように、美しい青が広がっていた。つい先ほどまで雨が降っていたせいか、空には虹がかかっていた。その虹を見て、僕はふと思い出した。

春奈の絵には、必ずと言っていいほど虹が描かれていた。虹色の階段だったり、虹色のパラソルや虹色の花火。春奈は虹が好きだったんだなぁ、と僕はもう一度空を見上げる。涙が一粒零れ落ちた。

僕はポケットから携帯を取り出し、春奈が最後に書いたブログに、新たにコメントを書き足した。

――『春奈の気持ち、ちゃんと伝わったよ。俺も、春奈のことを愛しています。秋人』

僕は来た道を戻る。後ろに春奈がいるような気がして、振り返る。

当然、そこには誰もいなかった。

ガーベラの花が三本、気持ちよさそうに風に揺れていた。

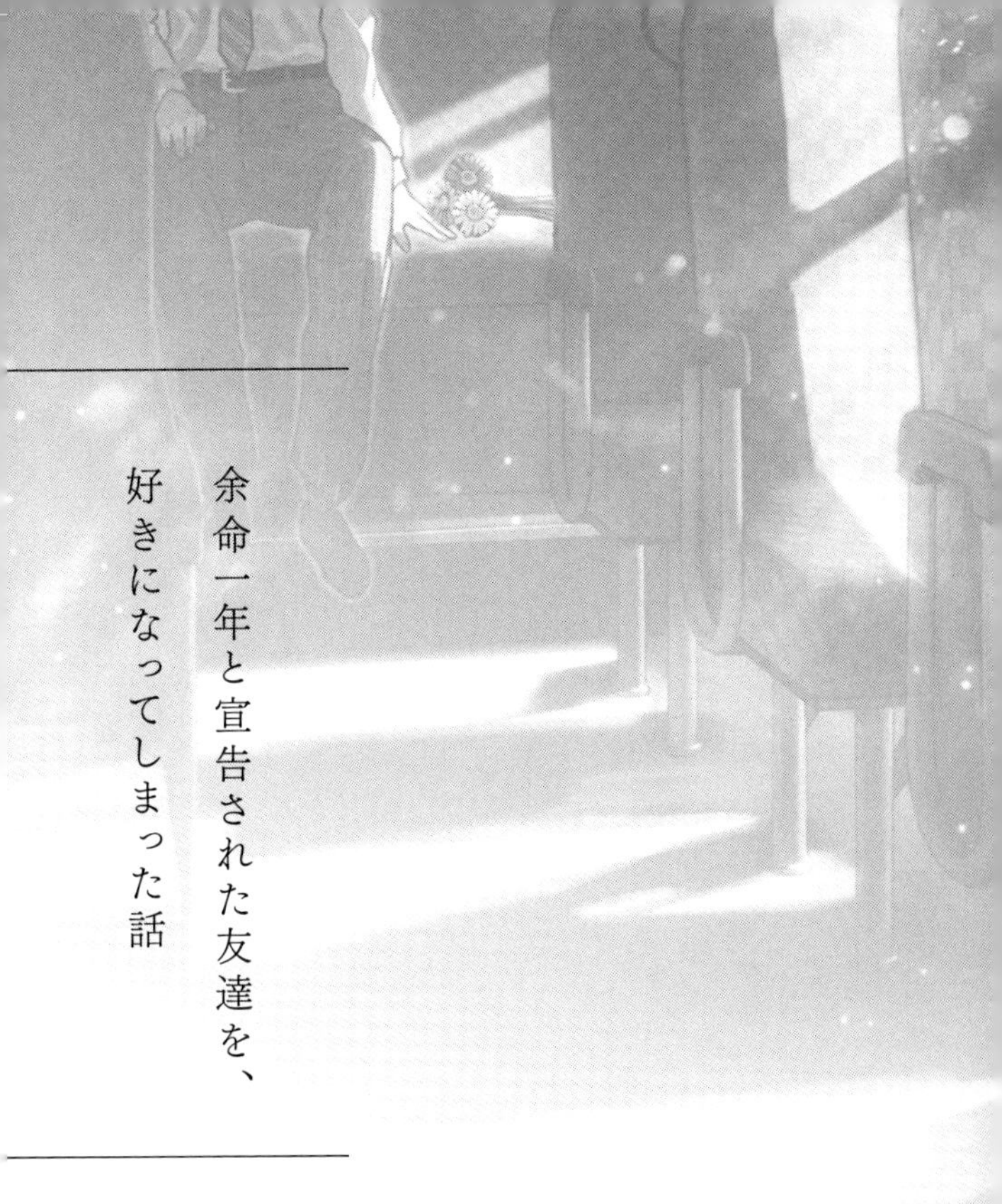

余命一年と宣告された友達を、好きになってしまった話

私が春奈のブログの存在を知ったのは、早坂秋人が亡くなる三日前のことだった。

その日、私の携帯に早坂からメッセージが届いた。そこには、春奈のブログのＵＲＬが貼ってあった。『誰もアクセスしなかったら、もしかしたら消えるかもしれないから教えとく』という一文も添えてあった。

私は春奈のブログの記事を一件一件見ていった。

私はとにかく早坂に嫉妬した。だって春奈、早坂のことばっかり書いて私のことは少ししか書いてなかったから。でも、それはしょうがないことだと思う。

春奈が一番辛かったときに、そばにいたのは早坂だった。

かつて私たちは親友だったが、すれちがいがあって疎遠になってしまっていた。でも早坂はいつも近くにいる大切な人だったのだ。

私はすべての記事を読み終わると、はらはらと涙を流した。春奈との日々を思い出し、空白の二年間を後悔して。

早坂に春奈のブログのこと、なんで今まで黙ってたのよ、って文句を言ってやるつもりだったけど、私が次に早坂の病室に訪れたとき、彼は昏睡状態に陥っていた。

早坂はそれっきり、目を覚まさないまま旅立った。春奈のもとへ。

早坂は、春奈のブログの記事すべてにコメントを書いていた。

私もなにか書きこもうかと思ったけれど、やめにした。なんとなく、このままにしておいた方がいいような気がしたからだ。

春奈が最後に書いた記事の、ひとつ前の記事には鍵がかかっていた。私はパスワードが解けないか何度か試してみたけれど、結局中には入れなかった。

でも、早坂はきっと、この鍵のかかった記事を見たのだろう。

その記事には、コメントが二件書かれているようだった。


私が初めて春奈と出会ったのは、幼稚園の頃だった。

私は入園してから半年間、春奈の存在に気づいていなかった。彼女はこの頃から体が弱く、休みがちで友達はひとりもいなかった。

私の周りにはいつも人が集まってくるけれど、春奈は常にひとりぼっちだった。

「ねえ、名前なんていうの？」

ある日、幼稚園の敷地内にある砂場で、ひとり寂しく山をつくっていた春奈に、私は声をかけた。

「……桜井春奈」

春奈は私を一瞥して、短くそう答えた。

無表情で、小さなスコップを使って黙々と山をつくっていた。

「ふうん。春奈ちゃん、なんでみんなと遊ばないの？　あっちで鬼ごっこする？」

「いい」

「どうして？」

春奈は山をつくりながら、私の方を見ずに答えた。

「わたし、体が弱いから走ったりしたらだめってお母さんに言われてるの」

「ふうん。春奈ちゃん、病気なの？」

「うん」

「どんな病気？」

「珍しい病気。それしか知らない」

そのときの春奈の目に、涙が浮かんでいるように私には見えた。

「そうなんだ。じゃあ、私もここで春奈ちゃんと一緒に山つくる！」

そう言うと、春奈は顔を上げて不思議そうに私を見た。彼女は一瞬頬を緩めて、またすぐに表情を戻した。

「はい、これ」

春奈は私に、小さなスコップを貸してくれた。私は受け取り、春奈と一緒に砂遊びをした。ふたりとも手を真っ黒にして、大きな山をつくった。

次の日から春奈は体調を崩し、二ヶ月ほど幼稚園には来なかった。

私たちは小学校でも一緒だった。

春奈が学校へ行ける日は、毎日一緒に登校していた。

毎朝春奈の家に行き、彼女が出てくると嬉しかった。体調が悪くて休む日は、春奈の母親が出てきて「せっかく来てくれたのにごめんね」と言われて私はひとりで学校へ向かう。

春奈は小学校も休みがちで、私が知る限り、友達はひとりもいなかった。

中学に入ってからは、さらに頻繁に学校を休むようになった。

約一年半、春奈は入院していたこともあって、高校へ進学するのを諦めていた。体調が回復したら、通信制の高校へ通うとも言っていたけど、結局それも叶わなかった。

将来は母親のような看護師になりたいと、春奈はよく口にしていた。優しい春奈にはぴったりだな、と私は思った。幼い頃から母親が働く姿を見て、春奈は看護師に憧れていたのかもしれない。

私は春奈の病気のことを、詳しくは知らなかった。知ろうともしなかった。生まれつき体が弱い子なんだ。まあ、そういう子もいるよね、としか思っていなかった。

まさか命にかかわる病気だったなんて、早坂に教えてもらうまで全然知らなかった。

中学の卒業式があと二週間後に迫ってきたある日、それまでは体調がよかった春奈が入院してしまった。

卒業式だけは出たい、と意気込んでいた春奈は、酷く落ちこんでいた。

「まだあと二週間あるから、なんとかそれまでに退院できないの？」

すぐにお見舞いに行き、そう聞いても「無理かもしれない」と春奈は泣きそうな顔で言うだけだった。

その言葉どおり、春奈は卒業式には出席できなかった。

私は卒業式が終わると、すぐに病院へ向かった。

「卒業したよ、春奈」

私は無神経にも、春奈に笑いかけて卒業証書を広げてみせた。「おめでとう」、そう言ってもらえると私は思っていた。

春奈は「よかったね」と、にべもなく言った。

そのときの春奈はいつもと様子がちがっていた。

私が話しかけても、彼女は空返事をするだけで笑顔も見せない。

卒業式の話をしたり、新しく通う高校の話をすると、ついにベッドに横になりそっぽを向いてしまった。

卒業式にも出られず、高校にも通えないから不貞腐れてしまったのかもしれないと思い、私は慌てて謝った。

「ごめん春奈。早く病気が治るといいね。春奈も高校、行きたいもんね」

「……わたしのことは、もう放っといて」

「え？　どうしたの春奈」

そんなことを、今まで言われたことは一度もなかった。

「もう、ここには来ないで」

「なんでそんなこと言うの？」

私が羨ましくて、妬んでいるのだと思った。

「いいから、高校生活楽しんでね」

「春奈さ、自分が病気だからって、そうやって投げやりになるのよくないと思うよ。病気が辛いのはわかるけど、健康な私だって、いろいろ辛いことはいっぱいあるんだから。春奈だけが辛いんじゃないんだよ」

私は早口でまくし立てた。

「……なにが辛いの？」

「え？」

氷のような冷たい春奈の声に、私は一瞬たじろいだ。

「ねえ、なにが辛いの？　綾ちゃんの辛いことって、なんなの？　本当に辛い経験をしたこともないくせに、わかったようなこと言わないでよ！」

春奈は声を荒らげ、私を睨みつけた。彼女がこんなに感情的になるなんて初めてのことで、私は傷心しつつ言い返した。

「なによ！　悲劇のヒロインにでもなったつもりなの？　そんなふうに悲観的になってるとね、いつまで経っても病気なんて治らないよ！」

私も春奈同様に声が大きくなる。私にだって辛いことのひとつやふたつはあるんだ。経験をしたこともないくせに、なんて言われると、つい苛立って思ってもいないことを口にしてしまった。

　春奈の目に涙が溜まっているのを、数瞬遅れて気づいた。彼女はなにも言わず、必死に涙を堪えていた。私はなにか言おうとして、結局なにも言えず逃げるように病室を出た。

　あとから聞いた話だと、春奈は数日前に長く生きられないことを母親から告げられていたらしい。私はそんなことも知らずに、春奈に酷いことを言ってしまった。

　しかし、当時の私は、少し言いすぎてしまったがあんな言い方をした春奈も悪いと意地を張っていた。

　そのまま私は高校に入学し、新しい友達ができて、バイトを始めて、春奈のことを考える時間が次第に減っていった。

　入学後、立て続けに男子に告白をされた。鬱陶しかったけれど、まんざらでもなかった。中学のときから、私は異性にモテる容姿なんだ、と気づいていた。男子はみんな優しいし、女子も自然と周りに集まってくる。

　周りに必要とされているような気がして、素直に嬉しかった。でも、なにかが足りない。そのなにかは、春奈だったんだと今は思う。

　私は高校一年の頃、ひとつ上の先輩と交際した。ただルックスがよくて、優越感に浸れるから付き合っていただけだった。

　彼は束縛が酷く、私は一ヶ月で彼を振った。その頃の私は、彼氏と遊ぶよりも女友達と遊ぶ方がずっと楽しかった。

春奈のことを、たまにしか思い出さなくなっていた高校二年のある日、私はほかのクラスの男子に呼び出された。

また告白されるのかな、とため息をついて廊下に出ると、冴えない顔をした男子が立っていた。

「それで、なんの用？　てか、誰？」

私がそう言うと、その冴えない男子は言った。

「桜井春奈って、知ってるよね？」

予想外の言葉に私は耳を疑った。

まさかこの冴えない男子の口から、春奈の名前が出てくるなんて、と驚いた。いったい、こいつは何者なんだ、春奈のなんなのだ、と私は彼を猜疑の目で睨みつけた。

それが私と早坂秋人の出会いだった。

彼は春奈のことを知りたいと言った。私は戸惑いながらも、嬉しかったのを覚えている。

その後私は早坂に拉致され、二年半ぶりに春奈と再会を果たした。

少し大人びた春奈は、昔よりも痩せ細って、笑っていたけれど無理をしているように見えた。

春奈と再会してからは退屈だった毎日が一変して、とにかく楽しかった。夜遅くまで春奈とメールや電話をして、バイトがある日でも学校が終わるとすぐに病院へ向かった。

早坂のおかげで、私は春奈と仲直りができた。彼には本当に感謝している。

最後に春奈と過ごせた時間は、たったの二ヶ月弱だったけれど、私にとって大切な時間だった。

春奈が亡くなってからは、またつまらない毎日に戻ってしまった。

私は数ヶ月間、立ち直れなかった。廊下でたまに早坂とすれちがうことはあったけれど、話すことはほとんどない。

早坂はいつもどおり、冴えない顔で高校生活を楽しんでいる様子だった。

私と早坂が再び話すようになったのは、高校三年の夏休みのことだ。クラスメイトたちが受験勉強に励んでいる中、お互い専門への進学が決まった頃。私がバイトで大忙しだった時期だ。

早坂と仲のいい村井翔太から、早坂が入院したと聞いた。

私はすぐに病院へ駆けつけた。

「ねぇ、あんた心臓病って言ってたけど、やっぱり相当悪いの？」

以前、心臓病であるということは彼から直接聞いていたが、このときは命にかかわる重い病気だとは知らなかった。

「心臓に腫瘍があって、もうすぐ死ぬんだ、俺」

「は？」

「あれ、言ってなかったっけ？」

「聞いてないけど、ふざけてるの？」

「いや、マジメに」

ふざけているのだと私は思った。でも、彼の目は嘘をついている目ではない。春奈の死後、早坂は雰囲気が変わった。人生を達観しているような、諦観しているような。

「一応重病人だからさ、これからは優しく接してくれ」

「たぶんだけど、重病人はそんなこと自分で言わないと思うよ」

私がそう言うと、早坂は苦笑しながらスケッチブックを開いて絵を描きはじめた。その姿を見たら、私は春奈を思い出して胸が苦しくなった。

「それ、春奈は知ってたの？」

「知らないと思う。心配かけないように黙ってたから」

「そうなんだ」

それからしばらく沈黙が続いた。

早坂が色鉛筆を使って絵を描く音だけが、病室に響く。軽快に、小気味いい音が心地よかった。

「なんの絵、描いてるの？」

「なに描いてるか、当ててみて」

早坂はそう言って、手を休めることなく絵を描き続ける。

春奈も絵が上手だったけれど、早坂も負けてない。彼が描いている絵は、風景画のようだった。緑があり、花がたくさん咲いていて、空には虹がかかっていて、美しかった。

「わかんないけど、どこかの花畑？」

「不正解」

「あっそ。正解は？」

「天国」

「は？」

私が聞き返すと、早坂はプッと噴き出した。

「なに笑ってんのよ」

「いや、なんか春奈と出会ったときのことを思い出してつい」

「なにそれ」

私にはなにがおかしいのか、わからなかった。天国の絵なんか描いて、縁起でもない。

私は腕時計を見て、立ち上がった。

「私そろそろ帰るわ。とりあえず、お大事に」

「お大事に、なんてあの三浦さんがいつになく優しい」

「なんか言った？」

「なんでもない」

私は苦笑して、病院をあとにした。

まさか早坂まであとわずかの命だったなんて、とにかく驚いた。

理解しようとしても、頭が追いつかない。昨年の冬に、春奈が死んでしまったばかりなのに。

私は帰りのバスの中で動揺してしまい、危うく乗り過ごすところだった。

家に帰って、とりあえずお風呂に入る。

落ち着いて考える時間が欲しかった。

湯舟に浸かりながら早坂とのやり取りを反芻していると、ふと思い出したことがあった。

それは春奈が生前、私に宛てた手紙に書かれていた言葉だった。

『秋人くんを、支えてあげてください』

春奈がくれた手紙には、たしかにそう書かれていた。読んだとき、私にはこの言葉の意味がわからなかった。なんで私が早坂を支えなきゃいけないのか。春奈の頼みとはいえ、疑問の残る言葉だった。

きっと春奈は、早坂の病気のことを知っていたのだ。そうでなければ、あんなことを書いたりしないと思う。早坂のやつ、けっこう馬鹿なとこあるから、きっとボロを出して春奈に気づかれてしまったのだろう。

私はふと、春奈が泣いていた日のことを思い出した。

あれはたしか、学園祭が終わってから数日後のことだった。

私が春奈の病室に入ると、彼女は目を真っ赤に腫らして泣いていた。理由を聞いても、春奈はなにも答えずただ涙を流していた。

春奈はその日、早坂の病気を知ったのかもしれない。

早坂はその後、すぐに退院した。

どうやら夏休みを利用して検査入院をしていただけだったらしい。春奈の願いだから、支えるまではしないけど、早坂のことを気にかけるようにした。

この頃から私は、早坂のことが気になり始めていた。それは異性としてではなく、なぜ春奈はこの冴えない男に恋をしたのだろうという疑問に対する答えが知りたかった。

春奈が私以外の人に心を開くことは、今まで一度もなかったのだ。それが不思議で、私は学校で早坂を目で追うようになっていた。

「ねぇ春奈。早坂のこと、好きなんでしょ？」

春奈が生きていた頃、一度だけそう聞いてみたことがあった。

「え、なんで知ってるの？」

「だって春奈、わかりやすいから」

「えー、秋人くんには言わないでね」

「もちろん。でもさ、早坂のどこが好きなの？」

あんな冴えないやつの、どこが？　と不思議に思っていた。春奈はたぶん、ほかに好きになる対象がいないから、最後に恋愛ごっこのようなものをしたいだけなのかな、とまで思ってしまった。

「秋人くんは、ほかの人とはちがったの」

「ちがうって、どの辺が？」

「秋人くんはね、病気のことを話しても、わたしから離れていかなかったの。小学校や中学校のときは、病気のことを話すとみんなわたしから離れていって、友達なんてできなかった」

桜井さんは病気だから、誘うのはやめとこう。昔はみんな春奈に気を遣って、そんなことを口にしていたのを思い出した。

「綾ちゃんと秋人くんだけは、病気のことを話しても変わらない態度で接してくれた。だからふたりは、わたしにとっては特別な存在だよ」

「そうなんだ。だから早坂のことを好きになったの？」

「もちろんそれだけじゃないよ。秋人くんは優しいし、絵が上手だし、笑うとかわいいところとか、ほかにもいっぱいあるよ」

「そうかなぁ」

春奈は頬を赤く染めて、花瓶からオレンジ色のガーベラを手に取り、そっと匂いを嗅いでいた。

そんな話をしたことを、ふと思い出した。

それから早坂は高校を卒業するまで、一度も入院することなく、健康な高校生と同じように毎日を過ごしていた。

しかし卒業式が終わった二日後、体調を崩して入院したようだった。

今回は二週間ほどの入院で、私はその間三回もお見舞いに行ってやった。

毎回ガーベラを買っていくからか、花屋のおばさんにガーベラちゃんと呼ばれるようになった。

私は春から、美容系の専門学校へ進学した。

将来の夢だとか、そんなものは昔からなかった。進路に悩んでいたとき、なんとなく手に取ったパンフレットがその専門学校だった。ネイルが好きだから、じゃあ美容系に行ってみようかな、そんな軽い気持ちで私は進学を決めた。ちなみに早坂は、美術の専門学校に進学した。

「ねぇ綾香ちゃん、今日合コンあるんだけど、綾香ちゃんも来てくれない？」

入学して二ヶ月が経った頃、授業が終わって帰り支度をしていると、専門学校で仲良くなった美久《みく》に声をかけられた。美容系の専門学校には男がいないので、毎週のように合コンを開いて出会いを求めているらしい。

「ごめん。私今日用事あるから、また今度誘って」

「そっかぁ。わかったぁ」

男受けしそうな甘い声で美久は言った。声だけではなく、見た目も小柄で、かわいらしい女の子だ。

私は彼女に手を振って、約束した場所へ向かった。

待ち合わせのカフェに着くと、早坂はすでに席に着いて私を待っていた。

「病人を待たせるなんて、大したやつだ」

「そういうときだけ病人づらするの、ずるいと思う」

いつものように軽口を交わして、私はコーヒーを注文した。

早坂に会ったのは、二ヶ月ぶりだった。もちろん私から誘った。正直言って早坂とはもう会う必要はないのだけれど、なんとなく放っておけない。一応、春奈の頼みでもあるわけだし。

「それで、最近どうなの？」

「最近？　まあ、楽しいよ。絵を描くのがもっと好きになった」

「そっちじゃなくて」

「どっち？」

私は頬杖をついて、「お体の方だよ」と呆れながら言った。

「ああ、お体の方か。お体の方は全然問題ないよ。心配してくれてんの？」

「べつに。聞いてみただけ」

「ふうん」

冷たくそう言ったけれど、心配していないと言えば嘘になる。学校やバイトで最近は忙しかったが、一応早坂のことは気にかけていた。少しだけ。

「そっちはどうなの？」

「どうって？」

「ほら、今ネイルの勉強してるんでしょ？　ネイリストへの道は険しくて落ちこんでるとか、クラスメイトと馬が合わなくて落ちこんでるとか、そういうの」

「なんで落ちこんでる前提なのよ」

私がそう言うと、早坂は笑った。少し寂しげな笑顔でもあった。

「まあいろいろ大変だけど、こっちも楽しくやってるよ」

「そっか」

「うん」

沈黙が気まずくて、私はコーヒーをちびちび飲んだ。

変わったコーヒーの飲み方をするんだね、と早坂はまた笑う。

そんなくだらない話を一時間ほど続けて解散となった。

私は基本的に、男が嫌いだ。かといって女が好きなわけでもない。私に言い寄ってくる男は大概、ろくすっぽ私のことを知りもしないくせに告白してくる。一度も話したことないやつから交際を求められたこともあった。

「ひと目惚れしました！　僕と付き合ってください！」

中学や高校の頃、そう言われることがよくあった。

結局は見た目で私を好きになる男が多かった。中身を好きになってくれる男は、今までひとりもいなかった。

かく言う私も、本気で人を好きになったことがない。

私は、本当の愛を知らない女だった。だからこそ、春奈と早坂が羨ましかった。結ばれたとしても終わりが来ることがわかっているふたりなのに、どうしてこのふたりは恋をするのだろう、と私はあの頃思っていた。

もうすぐ死んでしまうから、最後に恋愛をしたくて好きになった、という感じでもなかった。

春奈も早坂も、残された時間の中で、ただ純粋に恋をしていた。


「ねぇ綾香ちゃん。この前知り合った人たちとボウリング行くんだけど、綾香ちゃんも行かない？」

翌週の金曜日、美久からまた誘いを受けた。毎回のように断るのは気が引けたので、私は美久の誘いに応じた。

「いいよ」

「やったぁ。じゃあ行こう！」

その日の夜、待ち合わせ場所へ向かうと美久のほかに同じクラスの由香《ゆか》と絵美《えみ》がすでに来ていた。

みんないつもより化粧が濃く、香水の匂いもきつい。かわいらしい洋服に身を包み、入念に手鏡を覗きこんでいる。

その後、男性陣も到着し、すぐにボウリング場へ向かった。

彼らは私たちの一個上の大学生で、なんだかチャラい感じがして第一印象は最悪だった。

「君が綾香ちゃん？　噂どおりかわいいね。連絡先教えてよ」

まだ会って数秒なのに、そう言ってくる男もいた。

その後ボウリング大会が始まったけれど、私は早く帰りたかった。楽しくないわけではないが、なぜか気分が乗らない。

理由はなんとなくわかっていた。

その日の昼頃、私は早坂にメッセージを送っていた。

『生きてる？』

早坂の方から連絡が来ることはまずないし、私たちには共通の友人がいないので、仮に早坂になにかあったとしても、私にはそれを知るすべがない。だから数日に一回は生存確認をしている。もちろん、これは春奈のために、だ。

いつもならすぐに、『生きてるよ』という返事が来る。この日は、未だに返信がなかった。

「さっきから携帯気にして、彼氏から返事待ってるの？」

私の隣に座っていた長髪の男が、そう訊ねてきた。さっき自己紹介はされたけど、名前はもう覚えていない。

「そんなんじゃないです。ただの友達です」

「ふうん、そうなんだ。そんな男は放っといてさ、俺と連絡先交換しようよ。ちょっと貸して」

長髪の男は私の携帯を勝手に摑んで、自分の電話番号を打ちはじめた。

「はい、登録しといたから」

「……はあ、どうも」

携帯を返してもらうと、拓也《たくや》という名前の男が新規の友達としてメッセージアプリに表示されていた。自分のキメ顔を自撮りして、それをプロフィール画像に設定している。相当痛い男だ、と私は思った。

「次、拓也の番だぞ！」

「おう、悪りぃ悪りぃ」

次は拓也の投球の番だった。彼は怠そうに立ちあがり、十ポンドの球を片手でひょいと摑んで、綺麗なフォームで球を転がした。

ガコーン、というピンが弾ける心地いい音が鳴り響いた。ピンは見事にすべて倒れた。

「よっしゃあー！」

拓也はガッツポーズを決めて、美久たちとハイタッチをする。私も求められて、私は彼と無感情のハイタッチを交わした。

次に投球した私の球はレーンを半分ほど転がったところでガターに落ちた。

家に帰ると、携帯がピコン、と鳴った。

早坂だろうかと期待して画面を覗くが、拓也からだった。

『今日は楽しかった！　今度ふたりで遊ぼうよ！』

一緒にかわいらしいウサギのスタンプも送られてきた。目がハートになっているやつだ。

私はため息をついて、グッと親指を立てたパンダのスタンプだけを返した。

早坂から返事が来たのは、翌日の朝になってからだった。

『ごめん。ずっと絵を描いてた。今日も生きてるよ』

その文字を見て、私は頬を緩めた。

『死んだのかと思った。生きてるなら、さっさと返事しなさいよね』

送信ボタンを押そうとしたけど、やめた。そして死んだのかと思った、という文を消して送信した。

またすぐに携帯が鳴った。早坂ではなく、今度は拓也からだ。私のことをすでに恋人だと思っているのだろうか。彼は私の今日の予定などを事細かに聞いてきた。

私は面倒くさくなって、忙しそうにしているクマのスタンプだけ送って画面を閉じた。

その後も拓也からしつこいくらい誘いのメッセージが届いた。最初は軽くあしらっていたけれど、結局折れてカフェで会うことになった。私は終始、早坂のことを考えていて拓也となにを話したのか、あまり覚えていない。私はその日も早坂に生存確認の連絡をしていたけれど、返事がなくて焦燥感に駆られていた。拓也とは二時間ほど話して、カラオケに誘われたけどバイトがあるからと嘘をついて帰らせてもらった。

早坂から返事が来たのは、またしても翌日になってからだった。

『最近暑くなってきたね。俺は今日も、生きてます。そういえば今日、三浦さんと同じ中学だった高田に会ったよ。コンタクトデビューしたんだとか』

はて、高田なんていただろうか、と考えたけれど、ちっとも思い出せなかった。

『生きてるならさっさと返事しなさいよ。ところで今週末ヒマ？　またいつものカフェで話さない？　高田って誰だっけ』

数分後に返事が来た。

『ごめん。今週は忙しいんだ。来週なら大丈夫。高田は眼鏡のサイズが顔に合ってないやつだよ』

私の誘いを断る男なんて今までいなかったのにと傷心しながら文字を打つ。

『わかった、じゃあ来週ね。また連絡する。ああ、あいつか』

そう返事を送って、今度は拓也に返事を送った。

今週末も遊びに誘われていて、暇になったので仕方なく応じることにした。

土曜日になって、私は拓也とカラオケに行った。「あなたに」という歌詞の部分を、「綾香に」と歌われて鳥肌が立った。座るときもいちいち距離が近い。すぐに払いのけたけれど、腰に手を回された。やっぱり、来るんじゃなかった。

翌週、私は早坂に会いにいった。

前と同じカフェで、彼は私より先に来てコーヒーを飲んでいた。

「いつも来るの早いね。暇なの？」

「遅れて来たやつの第一声がそれか。相変わらず、いい度胸してるね」

ふふっと笑って私は席に着いた。

「体調はどう？」

注文したコーヒーが来ると、私はいつもと同じ質問をした。

「体調はまああまあだよ」

「そう」

まあまあと答えるのなら、きっとよくはないのだろう。早坂はコーヒーをひと口飲んで、窓の外に視線を移した。

「もうすぐ二年か……」

彼がなんのことを言っているのか、私にはすぐにわかった。

「そうだね。なんか、ついこの間のことのような気がする」

「俺は昨日夢に春奈が出てきたから、本当に昨日のことのようだよ」

「私もたまに春奈の夢見るよ。やっぱり、あんた相当引きずってるんだね」

「そっちもね」

あと数ヶ月で、春奈が亡くなって二年になる。私も早坂も、未だに春奈のことが恋しい。

それから私たちは、春奈との思い出話を始めた。お互い何度もした、春奈と早坂の出会いの話を聞いたり、私と春奈の出会いの話をしてやったりもした。支えてあげてと春奈から手紙で託されたことも話した。早坂は「どういう意味だろうね」、と不思議そうな顔をしていた。

気がつけば外は真っ暗になっている。腕時計を見ると、すでに二時間以上も話しこんでいた。

「もうこんな時間か。そろそろ帰ろうか」

「そうだね。私が払っとくよ」

鞄から財布を取り出そうとすると、早坂がそれを手で制した。

「俺が払うからいいよ」

「でも、誘ったのは私だから、やっぱり私が……」

「いいのいいの。どうせ俺はもうすぐ死ぬんだから、金は全部使わないと」

私は言い淀んでしまった。私の様子に気づいたのか、早坂は「なんてね」と戯《おど》けてみせた。

伝票を持ってレジへ向かう彼の背中を見つめながら、私は必死に涙を堪えた。

その日の晩、私は春奈のことを思い出していた。先ほどの早坂の言葉を、春奈にも言われたことがあったからだ。

「あ、綾ちゃん。わたしが払うからいいよ」

あの日私と春奈は、病院内にある売店に来ていた。お菓子とジュースを買ってふたりで食べようと思った。

「なに言ってんの。私バイト代入ってリッチだから、私が払うよ」

「いいから、そのお金は大事にして。綾ちゃんには将来があるんだから、今からでも貯金しておかないと！」

その言葉に、ズキッと胸が痛んだ。目には涙も浮かんできた。

「ほら、わたしだってリッチだよ。お金使うことないから、今年もらったお年玉がまだこんなにあるんだよ」

春奈はそう言って小さな財布を広げた。中には五千円札が二枚、丁寧に折りたたまれて入っていた。

私は堪えていた涙を零してしまった。

「綾ちゃん？　どうしたの？」

「ごめん。なんでもない」

私は涙を拭って無理やり笑顔をつくり、ごまかした。

春奈の言葉はもちろんのこと、私が涙を流した理由はそれだけではなかった。春奈の財布についていた、色が剝げたぼろぼろのキーホルダー。それはまちがいなく、小学校の修学旅行で私が春奈に買ってきたクマちゃんのキーホルダーだった。

そのことを思い出して、早坂の前で泣いてしまうところだった。

やっぱり、早坂といると春奈のことを思い出してしまう。

私は布団に潜りこみ、眠ることにした。しかし、まぶたの裏に春奈が浮かび、なかなか寝つけなかった。

それから一ヶ月が過ぎて、私の学校は夏休みに入った。課題がたくさん出て、暑さも相まって憂鬱だった。

早坂とは連絡を取り合うだけで、あれからは一度も会っていない。

その代わり拓也とは、毎週のように会っている。彼は女慣れしているせいか、誘い方が上手でなかなか断れなかった。もちろん、私に恋愛感情は一切ない。

夏休みが始まって数日が経った頃、早坂が入院した。今回は夏休みを利用しての検査入院ではなく、体に異常があったのだという。

私はいつものように『生きてる?』と連絡をすると、翌日に『入院なう』とピースサインの絵文字をつけて呑気に返事をしてきた。

私が病院に駆けつけると、早坂は絵を描いていた。そこは偶然にも、春奈が使っていた個室だった。

「ここしか空いてないって言われたからさ、すごい偶然だよな。なんか、春奈になったような気分だよ」

「なに馬鹿なこと言ってるのよ。それより、体は大丈夫なの?」

「転移したんだって」

「転院?」

「いや、転移」

早坂があまりにも泰然としているので、私は聞きまちがえてしまった。

「転移って、けっこうやばくない？」

「やばいと思う」

絵を描く手を止めず、まるで他人事のように彼は言った。

私は言葉に詰まって、沈黙を選んだ。

「腫瘍が背骨に転移したんだって」

そう言った早坂の表情には、諦めの色が浮かんでいた。

「なんでそんなに平気でいられるのよ。けっこうというか、かなりやばいじゃん、それ」

「だろうね」

「いやだから、なんでこう、もっとさ、慌てたりしないのよ。怖くないの？」

「なにが？」

「いや、だから……」

私はまた言葉に詰まる。

「昔は怖かったよ。怖くて、悲しくて、悔しくて、辛かった。でも今は、なんか、やっと来たかって感じなんだよね」

「なによそれ。全然意味わかんない」

「健康な三浦さんにはわかんないと思うよ。春奈なら、わかってくれると思う」

　イラッとした。人が心配してやってるのに、なんなのよその態度は。腫瘍が背骨に転移して、なんでそんなに冷静でいられるのか理解できなかった。

「ふうん。早く死んで、春奈に会いたいわけだ」

「べつにそんなんじゃないけど、会えるなら楽しみだね」

「馬鹿みたい。それなら、早く死んじゃえば」

　私は鞄を乱暴に持ち上げ、病室を出た。

　バス停に着いてバスを待つ。真夏の容赦ない太陽が私の体を熱する。全身にじんわりと汗が滲んできた。イライラが収まらない。それは暑さと、自分自身に対する怒りだった。なんであんな酷いことを言ってしまったのだろう。早く死んじゃえば、なんてことは本当は微塵も思っていない。つい、というか、なにも考えずに思わずその言葉が口をついて出た。

　春奈にも昔、私は酷いことを言ってしまった。つい感情的になって、思ってもいないことを口にしてしまう。私は昔からまったく成長していない。

　怒りが悲しみに変わった。私はその場にしゃがみこんで両手で顔を覆った。

　中学の卒業式のあと、春奈に酷いことを言ってしまったときも、私はこうしてバスを待っていたっけ。私は今も子どものままだ。

　謝りたい。今すぐ早坂に謝りたい。バスはまだ来ない。病室に戻ろうか、いや、早坂の顔を見るのが怖い。逡巡し、私は鞄から携帯を取り出した。

『さっきは言いすぎた。ごめん』

でも、送信ボタンを押せなかった。

メッセージを削除したところで、新たにメッセージが届いた。拓也だ。

『綾香、来週ヒマ？　海行こうぜ海！　あと祭りもあるし、ナイトプールでもいいし、花火大会もあるし、とにかく全部行こう！』

私はため息をついて、行けたら行く、と拓也に返信した。

やがてバスが来て、私は倒れるように一番後ろの席に腰掛けた。


結局謝れないまま一週間が過ぎてしまった。早坂には、あれから一度も連絡していない。連絡が来るのは拓也ばっかりだ。

今日は拓也と海に行く約束をしていたけれど、あいにくの雨で中止になった。急遽暇になったので、私はなにをしようか考えていた。

早坂に会いにいってみよう。そう思い立って、せっかく買ったフリルの水着をタンスにしまい、身支度をする。

家を出てバス停まで歩く。外は雨が強く、家を出てきたことを早くも後悔した。

早坂は今、なにをしているだろうか。春奈のようにひたすら絵を描いているのだろうか。

病院のひとつ前のバス停で降りて、花屋に寄った。あの花を買っていけば、早坂の機嫌はよくなるはずだ。

「あら、ガーベラちゃんじゃない。久しぶりねぇ。今日もガーベラ、買ってく?」

「こんにちは。五本ください」

「五本ね」

代金を支払い、花を受け取り、踵を返して店を出ようとすると、「あ、そうそう」とおばさんが言った。

「そういえば、ガーベラくんは元気? 最近来なくなっちゃったから」

「ああ、えっと、元気だと思います。たぶん」

「そう。今度、またいらっしゃいって言っておいて」

「わかりました。ちなみに、彼の名前は早坂秋人で、私は三浦綾香っていいます。よかったら覚えてくれると嬉しいです」

「あらそうなの。覚えておくわ」

おばさんはにっこりと笑ってそう言った。べつにガーベラちゃんと呼ばれるのが嫌なわけじゃないけれど、ガーベラちゃんとガーベラくんじゃ、ややこしいので一応正しておいた。

病院に着くと、エレベーターに乗って四階のボタンを押す。

来たはいいけど、そもそもまだ入院しているのだろうか。まあ、もしいなければ、それでもいい。エレベーターを降りて、病室へ向かう。

ゆっくりと歩いて病室の前に着いた。

しかし、ドアを開ける手が躊躇われた。

やっぱり帰ろうか。二年ぶりに春奈に会いにきたときも、私はずいぶんドアの前で躊躇った。あのときは早坂が背中を押してくれたから決心がついた。でも、今は背中を押してくれる人はいない。

数分過ぎても、私はその場から動くことができなかった。

やっぱり帰ろう。ドアに背を向けて、来た道を戻る。

「なにしてんの？」

「あ……」

廊下を向こうから歩いてきた早坂が、スケッチブックを片手に持って不思議そうに私を見ていた。

数秒見つめ合って、彼はなにも言わず自分の病室に入っていく。私があとを追って病室に入ると、早坂は上半分を起こしたベッドに背中を預けていた。

「ガーベラ、買ってきてくれたんだ」

「……うん。飾っとくね」

洗面台に置いてあった花瓶に水を入れ、そこに五本のガーベラを挿してベッドテーブルに置いた。

私はベッドの横にあった丸椅子に座った。沈黙が流れて、少し気まずい。

早坂は窓の外をぼんやりと眺めている。

「あのさ……この前は、ごめん」

私はボソッと呟くように言った。

早坂は、まだ窓の外を眺めている。雨は先ほどよりも強く降り続いていた。

「いいよ、べつに。気にしてないから」

早坂はスケッチブックを開いた。色鉛筆を使って軽快に絵を描きはじめた。

「背中、痛むの？」

「うん、ちょっとね」

「そう」

ピカッと窓の外が光った。少し遅れて雷の轟音が鳴り響く。早坂は意に介す様子もなく、絵を描き続けている。

私は雷に怯えながらも、スケッチブックを覗いてみた。花火の絵だった。虹色の花火が夜空に咲いていて、ひとりの少女が部屋の中からそれを見上げている。窓の上部には、たくさんのてるてる坊主が吊るされていた。

「その絵の女の子って、春奈？」

早坂は答えず、手を休めることなく絵を描き続ける。再度雷が落ちて、大きな雷鳴が鳴り響いた。

「今の、けっこう近いところに落ちたね」

手もとに視線を落としたまま、早坂は言った。私はそうだねと返事をした。

「来週は、晴れてくれるといいな」

「来週？　なんで？」

「金曜日、花火大会があって、ここの病室から見られるんだ」

ああ、と私は思い出した。たしか、拓也に誘われていた花火大会だ。行くかどうかはまだ決めていない。

「二年前にさ、ここで春奈と一緒に見る約束してたんだ。俺が入院しちゃって、結局ふたりでは見られなかったんだけど」

「そんなことがあったんだ。だからその絵を描いてたの？」

「春奈、どんな気持ちで見てたのかなって思って。あのとき電話かけたら、泣いてたんだ」

初めて聞く話だった。絵を描く手を止めて、早坂は色鉛筆を置いた。

「早坂は、どうして春奈に恋をしたの？」

なんて声をかけてやればいいかわからず、私はそう聞いた。でも、ずっと気になっていたことだった。病室にいるだけの春奈より、外に出てどこかへ遊びに行ける人の方が普通は付き合うにはいいだろうと思っていた。

「俺さ、心臓に腫瘍が見つかってから人生を諦めてた。勉強もやめたし、高二に進級してからは友達をつくることも、それから恋をすることも諦めた」

「自分がもうすぐ死んじゃうってわかったから？」

「もちろんそうだよ。三浦さんなら、どうしてた？」

私なら、と考えてみた。私もきっと、いろいろなことを諦めていたと思う。バイトを辞めて、もしかしたら学校も辞めていたかもしれない。ずっと家に引きこもって、毎日死の恐怖に怯えていた可能性だってある。

でも、正直、私には非現実的すぎてうまく想像ができなかった。それでも春奈と早坂には、それが現実だったのだ。

当時、まだ十六歳だった早坂は、どれほどの絶望に襲われたのか、私には知る由もなかった。

「たぶんだけど、私も同じだったと思う。もしかしたら、自殺してたかも」

「俺も毎日死にたかったよ。でも、死にたくないって気持ちの方が強くて、死ねなかった」

早坂は自分が描いた絵に視線を落とした。絵の中の、春奈を見ているようだった。

「そんなとき、春奈と出会ったんだ。俺と同じ境遇なのに、いや、もっと酷い境遇なのに、春奈は自分の運命を受け入れていて、俺とは全然ちがうな、って思った」

「……春奈は、心が強いからね」

「俺も最初はそう思ってた。でも、本当は人一倍脆くて、寂しがり屋で、泣き虫で、春奈は普通の女の子だった。最後は必死に病気と闘ってて、なんていうか、気づいたら好きになってた」

そっか、と私は俯いた。

春奈が羨ましかった。仮に私の命があとわずかだとしても、私はきっと誰にも愛されないだろう。拓也だって私のそばから離れていくにちがいない。私は健康なのに、春奈のように心から愛されたことがない。

「俺と春奈は、『期限付きの恋』をしてたんだ」

その言葉に、私は顔を上げた。

「期限付きの恋？」

「そう。結ばれても幸せが続くことなんてないのに馬鹿みたいだけど、本気だった。本気で春奈のことが好きだった。最後まで、自分の気持ちを伝えられなかったんだけどね」

早坂はそう言って困ったように笑った。春奈のような、優しい笑顔だった。

それ以上、私は聞きたくなかった。聞けば聞くほど、自分が惨めになる。

私は、本当の愛を知らない。今まで自分がしてきた恋愛なんて、春奈と早坂がしていた『期限付きの恋』よりも、よっぽど汚い恋愛だった。好きでもない男と適当に付き合ってきた。私の恋に名を冠するなら、『賞味期限一ヶ月の憐れな恋』だろうか。

「天気予報見たら、来週ずっと雨なんだよなぁ。てるてる坊主、つくろうかな」

早坂は窓際に立ち、灰色の空を見上げる。彼はまだ、春奈に恋をしているのだ。死んでもなお、春奈は愛され続けている。

「でもさ、もう春奈、死んじゃったんだし、新しい恋をしてみたら？」

声が震えてしまった。気づかれていないか、怖かった。

「今から？　さすがに無理だよ。春奈との恋が最後の恋って決めてたから」

「なによそれ、春奈春奈って。口を開けば春奈のことばっかりで、どんだけ引きずってるのよ。男のくせに」

言い終えて、私はすぐに後悔した。またやってしまった。すぐに感情的になる私の悪い癖。今すぐ謝ろう。春奈にも、謝りたい。

「そうだよなぁ。情けないよなぁ」

でも早坂は空を見上げたまま、怒りもせず儚い表情で呟いた。

「ほんとに情けない。ダサいしかっこ悪い」

また言ってしまった。やっぱり、謝れない私。悔しくて涙が出てきた。

「それは言いすぎだろ。三浦さんだって春奈のこと引きずって……」

振り向いた早坂が、私の涙に気づいて言葉を止めた。

「私、帰る」

私は立ち上がって乱暴に鞄を摑んだ。

「雨、相当強いから、もう少し待った方がいいよ」

私はそれでもかまわずに病室を出た。

傘は役に立たずびしょ濡れになった。ちょうどいい。バスにも乗らず、雨に打たれながら歩いた。

私はもしかしたら、自分でも気づかなかったけれど、早坂に恋をしているのかもしれない。だからこうやってムキになって、深く傷ついているのだ。

こんな気持ちになったのは、生まれて初めてだ。

頬を伝うものが雨なのか涙なのか、私にはわからなかった。

しばらく歩いたところで足を止めた。結局、三つほどバス停を歩いて屋根つきのバス停でバスを待ちつつ、雨宿りをする。傘は風にあおられて折れ、自慢の長い髪はびっしょりで服はもちろん、下着まで濡れてしまっていた。

携帯は無事だろうかと、鞄の中を漁る。どうやら無事だったようだ。時刻は午後六時。雨は弱まる気配がない。このびしょ濡れの格好でバスに乗るのは躊躇われた。

一度、雨宿りをしてしまったら、もう歩きたくない。どうしようかと迷っていたら、着信があった。

「……もしもし」

「綾香？　今から飯食いに行かない？　今どこ？」

拓也からだった。普段であれば断るけれど、藁にも縋る思いで彼に助けを求めた。

「わかった。すぐに迎えにいくよ」

簡潔に状況を説明し終わると、拓也は電話を切った。彼は親に買ってもらったという中古の軽自動車を所有している。今は大学の近くでひとり暮らし。家賃はもちろん、親の仕送りだ。

二十分ほどで、拓也は迎えに来てくれた。

「うわ、すごいな。ほら、タオル使えよ」

「ありがとう」

私はタオルを受け取り、助手席に座った。座席にもタオルを敷いてくれていた。

「どこ行ってたんだよ。こんな日に」

「……友達のお見舞いに行ってた」

「そっか。とりあえず、その格好じゃ店入りづらいから、うち来るか？」

「……うん」

コンビニに寄って替えの下着を買ってから、拓也のアパートへ向かう。

拓也のアパートに着くと、雨は小降りになっていた。

まだ新築なのか、白い壁が綺麗で割と瀟洒な建物だった。車を買い与えたり、小綺麗なアパートに息子を住まわせるなど、拓也の実家は金持ちなのかもしれない。

彼の部屋へ入ると、私はすぐにシャワーを借りた。もうなにもかも、全部洗い流したかった。浴室に、茶色の長い髪の毛が一本落ちていた。私は見て見ぬふりをして、浴室を出た。

Tシャツとスウェットを拓也に借りて、服が乾くまでそれを着る。先ほど買ってきたコンビニ弁当をふたりで食べたけど、食欲がなくて私は半分以上残した。

「なんか相当落ちこんでるみたいだけど、大丈夫？」

買ってきたコーラを飲みながら、拓也が言った。

「べつに、なんでもないよ」

「いや、絶対あるじゃん。俺には話せないことなの？」

優しい口調で拓也は言う。やはり女慣れしているのか、心を開いてしまいそうになる。でも、彼にとって私は、大勢いる女の中のひとりなのだろう。私は彼の暇と欲求を満たす、ただの道具にすぎない。

「拓也くんってさ、私のことどう思ってるの？」

「どうって、かわいいと思ってるよ」

「それだけ？」

「いや、普通に好きだし、もっと知りたいと思ってるよ」

「そういうの、いろんな女の子に言ってるんじゃないの？」

「そんなことないよ。綾香だけだよ」

私は信じない。拓也の言葉には、軽さが滲み出ている。やっぱり私は、男に愛されない運命なのだ。

「ほんとに私のこと、好き？」

「ああ、ほんとだよ」

それでも拓也は、付き合おうとは言ってくれない。言われても付き合う気はないけれど、誰かに必要とされたかった。嘘だとしても、好きだと言われるのは悪い気はしなかった。

「じゃあさ、もし私が不治の病に罹って、もうすぐ死んじゃう運命だとしても、好きでいてくれるの？」

「……なに言ってんだよ」

「想像してみて。それでも、好きでいてくれる？」

拓也は少し考えて、「綾香、もしかして病気なの？」と答えた。

「もしもの話だよ」

「もしもか。どうだろう、気持ちは変わらないだろうけど、自信がない」

「そっか、そうだよね」

素直な答えだった。私もきっとそうだ。死ぬとわかっている人を好きになれるかどうか、自信がない。

「どうしたんだよ、急にそんなこと聞いて」

拓也が私に近づいた。グッと肩を引き寄せられる。私は身を委ねていた。彼の唇が、私の唇に触れる。私はもうどうでもよくなって、彼に誘導されるままベッドへ移動した。

外は再び雨が強く降り出していた。静かな室内に彼の吐息と雨が窓を叩く音だけが響く。

豪雨の夜に、私は過ちを犯してしまった。

明け方に私は目を覚ました。隣で裸のまま眠る拓也を見て、酷く後悔した。

カーテンの隙間から光が差しこんでいる。雨は止んだようだ。

私は服を着替えて、静かに部屋を出た。

無心のまま一時間以上歩いて家に帰ると、すぐにシャワーを浴びた。泣きながら、髪に絡みついた男の匂いを落とした。

それから一週間、バイト以外に外へ出ず、ずっと家に引きこもっていた。

拓也からは何度も連絡が来ていたけれど、全部無視した。

今日は花火大会。

拓也から二日前に誘いの連絡があったが、それも無視したらさすがにメールは途絶えた。きっとほかの女に連絡して、相手が見つかったのだろう。

昨日までは雨の予報だったけれど、夕方から晴れマークに変わっていた。

早坂はてるてる坊主をつくったのだろうか。

夕方になってから、私は家を出て病院へ向かった。

私が行ったら迷惑だろうか。こいつまた来たよ、と思われるだろうか。バスに揺られながら、ぼんやりと考える。

手ぶらで行くのは気が引けたので、病院の前に花屋へ寄った。

「あらガーベラちゃん。今日も綺麗ね」

おばさんは私の名前をもう忘れているようだった。まあ、べつにいいけど。

「ありがとうございます。ガーベラください」

「はい、ガーベラね。お友達のお見舞い？」

「はい、そうです」

「そのお友達って、もしかして男の子かな？」

「そうですけど」

おばさんはにっこりと笑い、「じゃあ、今日は六本にしときなさい」と言った。

「はあ、じゃあそうします」

本数なんてどうでもよかった。よくわからないけれど、お花屋さんのお薦めなら、きっと縁起のいい本数なのだろう。

代金を支払い、花を受け取り店を出ようとすると、「あ、そうそう」とおばさんが思い出したように言った。

「なんですか?」

「ガーベラはね、贈る本数で意味が変わるのよ。六本はね、『あなたに夢中です』っていう意味があるの」

「へー、面白いですね」

「そうでしょう?」

おばさんは満足そうに笑い、私も笑顔を返して店を出た。

「あれ? 三浦さん、だよね?」

病院の入り口に着くと、見たことのある顔があった。ひとりは高二の頃同じクラスだった村井翔太と、もうひとりはたしか、バスケ部だった藤本絵里だ。

「あ、どうも。早坂のお見舞いの帰り?」

「そうだけど、三浦も秋人のお見舞い?」

「うん、まあ……ね」

「そういえば三浦さんと秋人って、高二の頃よく一緒にいたよね。秋人のこと気にかけてくれて、ありがとね」

ふたりはこれから花火大会に行くのだという。

彼らに軽く手を振って、私はエレベーターに乗った。

早坂の病室の前で、私はしばらく固まる。

先週も私は勝手にひとりで怒って、また酷いことを言ってしまったのだ。嫌われてるかもしれない。いや、きっと嫌われている。いっそのこと、もう来なくていいよって言われた方がずっと楽だ。

数分後、意を決して私はドアを開けた。

「あれ、三浦さんじゃん。また来てくれたんだ。いつも悪いね」

早坂は優しい笑顔で私を迎えてくれた。この男は本当に、初めて会ったときからよくわからない男だった。

「怒ってないの？　私のこと」

「なんで？」

「なんでって、だって私、いつもひとりで怒って酷いこと言って、あんたのこと傷つけてるじゃん」

私は弱々しくそう言った。怖くて早坂の顔は見られない。

「べつに気にしてないし傷ついてもないよ。なんか、三浦さんの方が傷ついてるみたいで、俺も謝りたかったくらいだし」

「そんなこと……」

まったくもって早坂の言うとおりだった。私は自分の言葉で、自分が傷ついた。ひとりで暴走して、早坂だけでなく私自身をも傷つけていた。

「またガーベラ買ってきてくれたんだ。ありがとう。しかも六本って」

早坂は苦笑しながら、私が手にしていたガーベラを見て言った。

「ああ、べつにちがうから。花屋のおばさんが六本にしなさいって言うからで、あんたに夢中になってるわけじゃないからね」

「わかってるよ。あのおばさん、お節介なとこあるから」

早坂はそう言って、スケッチブックを開いた。

「あんた本当に絵を描くのが好きなんだね。暇さえあれば絵を描いてるよね」

「まあね。俺にはやっぱりこれしかないんだよね」

「ふうん」

花火が上がるまで、まだ少し時間があった。早坂が絵を描きはじめたので、私はセルフネイルをすることにした。

鞄からネイル道具一式を取り出して、自分の爪に塗りはじめる。

「お、さすがネイリスト志望。大病人の病室でも練習するなんてすばらしいね」

早坂は笑いながら皮肉を言ってきた。私はネイルブラシを彼に向ける。

「あんたの爪にも、塗ってあげようか？」

「いや、遠慮しとく」

早坂はまた絵を描いて、私はネイルを塗る。

傍から見れば不思議な光景だろうけど、居心地がよかった。

「あ、そろそろ花火の時間だ」

しばらくそうしていると、早坂が壁かけ時計を見上げて呟いた。

「ねえ、私もここで一緒に花火見てもいい？」

「いいよ」

私と早坂は、窓際に立って真っ暗な夜空を見上げた。

今気づいたけれど、窓の上部にはてるてる坊主が二体吊るされていた。

「まだかな、そろそろのはずだけど」

「時間合ってるの？　……あ！」

私が時計に視線を移した瞬間に、花火が上がった。あまりにも綺麗で、次々と夜空に上がる花火に目を奪われる。

「花火なんて久しぶりに見た気がする。すごく綺麗」

夏の夜空に咲き乱れる花火は華やかな光を放ち、私を魅了する。早坂はなにも言わずに空を見上げていた。

その横顔を見て、私は少し驚いた。早坂は涙を流していた。

なぜ泣いているのか、聞かなくてもだいたいわかる。綺麗な涙だった。私が流す涙なんかよりも、ずっと美しい。

「ああ、ごめん」

私の視線に気づいたのか、早坂は目もとを拭った。私は返事をせず、花火よりも早坂の横顔を見る。

「なんか、二年前のこと思い出しちゃってさ。春奈、ここでひとりで見てたんだなぁって思うと、泣けてきた」

花火の光が早坂の頬を照らす。涙がもう一粒、零れ落ちた。

「ごめん、また春奈の話しちゃって」

「いいよ、べつに。嫌なわけじゃないから」

「そっか」

私は視線を空に戻した。ガーベラのように、美しい花火が夜空に咲いた。

そこからはふたりとも無言で、じっと花火を見つめた。

「早坂ってさ、まだ春奈のことが好きなんだね」

花火が終わったあとも私は星空を眺めながら、早坂にそう言った。

ベッドに戻った早坂は、「そうだね。やっぱり、忘れられないよ」と力なく言う。

「忘れる必要はないいんじゃない？　春奈、天国で喜んでると思う」

「そうかな」

「そうだよ、きっと。春奈も天国から花火、見てたと思うよ」

「本当に、そうだといいね」

腕時計を確認すると、面会終了時間が迫っていた。

「じゃあ、私そろそろ帰るね。あんまりあんたと一緒にいたら、春奈が嫉妬しちゃうかもだし」

「わかった、ガーベラありがとうね。気をつけて」

「はいよー、じゃね」

私は病室を出て、鼻歌を歌いながら家路についた。


夏休みが終わって二週間が過ぎた頃、早坂から春奈の墓参りに付き合ってほしいと連絡が来た。彼はすでに退院したが、専門学校は休学中で自宅療養をしているらしい。

その日の午後に行こうと言うので、私はゆっくりと準備をしてから家を出る。なぜだろうか、ただ墓参りに行くだけなのに、心が弾む。

お気に入りの服を着て、化粧もばっちり決めて、約束の場所へ向かった。

私たちは花屋で待ち合わせをした。もちろん行きつけの、あの花屋だ。

早坂は私よりも先に来ていた。

「あら、ガーベラくん久しぶりねぇ。ガーベラちゃんもいらっしゃい」

「どうも。ガーベラ、三本ください」

「はい、三本ね」

おばさんは嬉しそうににこりと笑って、赤、黄色、オレンジ色のガーベラを手に取ってレジへ向かう。

「ねえ、なんで三本なの？　少なくない？」

「いいんだよ、三本で」

「三本のガーベラはね……」

「あ、言わなくていいです」

早坂がおばさんの言葉を制した。不思議に思ったけど、私はそれ以上は聞かなかった。

「ガーベラくん、また来てね」

その言葉に、早坂は足を止めた。

「……来られたら、また来ます」

おばさんを振り向かずに、早坂はそう言って店を出る。私はおばさんに小さく頭を下げて、彼のあとを追った。

そこからバスに乗って墓地を目指す。早坂は墓地に着くまで、三本のガーベラをぎゅっと握りしめたまま、ずっと黙りこんでいた。

春奈のお墓の前へ着くと、早坂はやっと口を開く。

「ここへ来るとさ、なんか落ち着くんだよね」

「うん、なんとなくわかる気がする」

目の前にあるのは、ただの石だ。でも、春奈が眠っている。ここに春奈がいる。ただの冷たい石だけど、生前の春奈の温かさを纏っているような気がして、私もここへ来るといつも心が落ち着く。

早坂は花立てに三本のガーベラを挿し、線香に火を点けて拝んだ。

「最後に、ここに来られてよかった」

目を開けると、ひとりごちるように早坂は言った。

「最後ってなによ。あと一ヶ月ちょっとだし、今度は春奈の命日に来ようよ」

「……行けたら、行くよ」

そう言った早坂の目は、どこか遠くを見るような寂しげな目をしていた。彼はただ黙って、春奈の墓石を見つめる。

「よし、帰るか」

早坂はあっさりと墓石に背を向けて歩き出す。私もすぐ後ろを歩いて、とぼとぼと歩く彼の丸まった背中を見つめながら、来た道を戻った。

それから早坂は入退院を繰り返し、十一月に入ると動けないほど背中の痛みが増したようで、春奈の命日は私ひとりで墓参りをした。

私は最近学校やバイトが忙しく、あまり早坂のお見舞いに行けていなかった。一応、生存確認は毎日しているけれど。

　拓也からも、久しぶりに連絡が来るようになった。きっと遊んでいた女と別れて、暇つぶしにまた私に連絡をしてきたのだろう。

「早坂、生きてる？」

　久しぶりに訪れた早坂の病室には、ガーベラの花が飾られていた。おそらく、彼の幼馴染が買ってきたのだろう。さっき花屋に寄ったら、「最近、ガーベラがよく売れるのよ」と花屋のおばさんが嬉しそうに話していた。

　十本のガーベラが入った花瓶に、私が持ってきた五本のガーベラを挿した。

「かろうじて生きてるよ。かろうじてね」

「冗談が言えるくらいなら、まだまだ大丈夫そうね」

「いや、そうでもないけど」

　早坂は辛そうに体を起こして、黄色のガーベラを一本手に取る。

「三浦さんとも、もうすぐお別れなのかな」

　儚げにガーベラを見つめながら、突然早坂はそんなことを呟いた。

「なに言ってんのよ。ずいぶん弱気じゃん」

「なんとなくわかるんだ。もうすぐだって。春奈も、わかってたのかな」

「そんなの、知らない」

　いつになく弱気な発言だった。手に持っているガーベラを花瓶に戻して、早坂は語り出した。

「なんか三浦さんって、初めて会ったときは怖かったけど、実は友達思いで優しいとこあるよね」

「急になに言い出すのよ、照れるからやめて。しかも、怖いってなに」

「忙しいだろうに、お見舞いにもよく来てくれて、感謝してる。わりと助かってる」

「……そう。それならいいけど」

早坂と初めて会ったとき、彼がビクビクしていたのを思い出した。あのときはまさか、こんなに仲良くなるなんて思っていなかった。こんな病気にかかっていることも、あのときは知らなかった。

「なんで急にそんなこと言い出すのよ」

珍しく素直な早坂の言葉に、私は照れながら訊ねた。

「いつ死んでもいいように、言えるうちに言っておこうと思って」

「なによそれ、やめてよ。私、あんたが死んだら困る」

「なんで三浦さんが？　三浦さんはさ、春奈に俺のこと支えてあげてって言われたから、こうして気にかけてくれてるんでしょ？　俺が死んだら、三浦さんはもう自由の身になれるんだよ」

私は大きなため息をついた。早坂から解放されて自由になりたいだなんて、ちっとも思ってない。

「私はね、たしかに最初は春奈のために、あんたにかまってあげてたけど、今はちがうの。

私がそうしたいから、してるのよ」

「よくわかんないけど、やっぱり三浦さんは優しいんだね」

私だってよくわからない。自分の気持ちが、よくわからない。ただ、早坂に死なれたら春奈のときと同じように、落ちこむと思う。

「死んだら、春奈に会えるのかな」

早坂は横になって、虚空を見つめる。

「知らないわよそんなこと。そんなに春奈に会いたいなら……」

「早く死ねばって？」

早坂は笑いながら言う。私はそんなこと、思っていない。

「あ、バイトの時間だ」

腕時計を見ながら私は立ち上がる。本当はバイトなんてない。これ以上ここにいると泣いてしまいそうだから、嘘をついた。

「今日バイトだったんだ。わざわざ来てくれてありがとう。バイト、頑張って」

「……うん。ありがと」

鞄を肩にかけて、病室を出ようとすると早坂が私を呼び止めた。

「三浦さん。ほんとに、ありがとね」

「……うん。また来るね」

早坂は寂しそうな目をしていた。

――それが私と早坂の、最後の会話となった。

数日後、私はバイトが終わったあとに早坂の病院へ行くと、彼は眠っていた。三十分くらいその場にいたけれど、目を覚ます気配がなかったので帰ることにする。

次の日も、私はまた早坂の病院に足を運んだ。

その前に、ガーベラを買っていこうと花屋へ寄る。

「あらガーベラちゃん、いらっしゃい」

花屋のおばさんは、いつもと変わらない笑顔で私を迎えてくれた。

「こんにちは。今日もガーベラ、五本ください」

「ふふっ。六本じゃなくていいの？」

おばさんは悪戯っぽく笑ってそう言った。

「はい。五本で大丈夫です」

「そう」

五本分の代金を支払い、花を受け取った。

「ひとつ聞いてもいいですか？」

「いいよ。なにを聞きたいの？」

「三本のガーベラって、どんな意味があるんですか？」

私がそう訊ねると、おばさんはふふっと笑って言った。

「三本のガーベラはね、『あなたを愛しています』っていう意味があるの。素敵よね」

「なるほど。たしかに、素敵ですね」

早坂が春奈の墓前に供えた三本のガーベラには、そんな意味があったのか、と私は感嘆する。

病室に着くと、早坂は今日も穏やかな表情で、死んでいるかのように眠っていた。頰は瘦せこけて、腕も血管の起伏がはっきりわかるほど細い。

ふと思いついて、早坂の手を取る。意外と、綺麗な爪をしていた。

私は鞄の中からネイル道具を取り出す。そして三十分以上かけて、中指に赤、薬指には黄色、小指にオレンジのネイルを塗ってあげた。彼はぴくりとも動かず、思ったよりもすんなり塗れた。

早坂が目を覚ましたら、私が塗ったネイルを見て、彼はどう思うだろうか。怒るだろうか。困るだろうか。それとも笑ってくれるだろうか。


あれから一週間が過ぎて十二月に入った。早坂は依然、目を覚まさない。

肩をすぼめて雪が降る中を歩き、病院へ向かった。今日も穏やかな表情で眠っている。彼の爪には、私が塗ったネイルがまだ残っている。早坂はこのまま、このネイルに気づかずに死んでしまうのだろうか。

薄っすらと消えかかっていたので、早坂の手を取って上塗りをする。

思い起こすと、この病室にはたくさんの思い出がある。

ネイルを塗りながら、私は楽しかった日々を回顧した。

この病室で春奈と再会して、そのあとは春奈と早坂と私でいろんな話をした。あの頃は毎日が楽しくて、ずっと続いてほしかった。

早坂と笑い合ったり、冗談を言い合ったり、喧嘩をしたり。喧嘩といっても、私が一方的に怒ってしまっただけなんだけれど。

すべては、早坂のおかげだ。早坂が私の手を引っ張って、この場所へ導いてくれた。春奈が死んでしまう前に、仲直りができた。一生忘れられないくらいの楽しい時間を過ごせた。

早坂には、感謝してもしきれない。

最初は春奈のためだった。春奈の手紙に、秋人くんを支えてあげてって書いてあったから、私はそれに従っていただけだった。

でも今はちがう。私の意志で、ここに来ている。春奈のためじゃなくて、早坂のために会いにきている。

春奈の代わりにはなれないけれど、私が早坂を支えてあげたい。

春奈と早坂が『期限付きの恋』をしていたというのなら、私のはきっと、『期限付きの片想い』になるのかなぁ、と早坂の寝顔を見つめながら考えた。

早坂から連絡が来たのは、それから二日後のことだった。

昼休みに携帯を確認すると、メッセージが届いていた。

よくわからないけれど、どこかのサイトのURLが送られてきていて、URLをタップすると、とあるブログサイトに飛んだ。

目に飛びこんできた『桜井春奈の秘密のブログ』というタイトルに、私はとにかく驚いた。記事を読むと、あの春奈が書いたものにまちがいなかった。

私は昼食の弁当を食べるのを忘れて、記事を一件一件読んでいく。

「綾香ちゃん？　どうしたの大丈夫？」

美久が狼狽しながら言った。気づけば私は、涙を流していた。

「大丈夫。ごめんね」

春奈のブログには驚いたけど、とにかく早坂が目を覚ましてくれた。学校が終わったら、早坂に文句を言いにいこう。

こんなブログがあったのなら、どうしてもっと早く教えてくれなかったのか。そう怒ってやるつもりだった。記事の中には鍵付きのものもあって、中には入れなかった。

この日私の学校では、プロのネイリストが直接指導を行う特別授業があった。そのせいで、早坂の病院に着いたのは面会終了時間ギリギリになってしまった。

病室に早坂の姿はない。

ナースステーションに向かう途中で、看護師とすれちがった。私は彼女に早坂のことを聞いた。

どうやら早坂は、今日の午前中に目を覚ましたけれど、夕方過ぎに容態が急変し、昏睡状態に陥り集中治療室に運ばれたらしい。

家族以外は面会謝絶らしく、私は中には入れなかった。

また明日、早坂に会いにこよう。

窓の外の降り止まない雪を眺めながら、私はそう思った。

それから三日後、私はやっと早坂に会うことができた。

ベッドに横たわる早坂の顔には、白い布がかけられていた。

早坂の遺体と対面した私は、泣き崩れてしまった。

連絡を受けてからここへ来るまでは、なんとか涙を堪えることができた。でも、いざ目の前にすると、やっぱりだめだった。

早坂の両親も妹も、私より先に来ていた早坂の幼馴染ふたりも、号泣していた。

早坂は余命一年と言われた日から、約三年も生きた。

それはきっと、彼だけの力ではない。ここにいる彼の両親、妹、親友たち、そして春奈。

私は力になれたかわからないけれど、彼を愛した人たちと、彼自身がつくりあげた三年間だった。

早坂は春奈と同じく、穏やかな表情で眠っていた。私にとっては、いや、この場にいる全員にとって、それが唯一の救いだった。

早坂にもちろん悔いはあるだろう。十九歳という若さでこの世を去ったのだ。ないわけがない。それでも早坂は、短かったけれど幸せだった、という表情をしているように私には見えた。

私は泣きながら、早坂の手を握った。

彼の爪には、三本のガーベラがまだ残っていた。

家に帰る途中、雪が降ってきた。

街灯に反射した雪が、キラキラと輝いて見える。

馬鹿みたいだけど、早坂が私にありがとうと言ってるのかな、と思った。

雪が降る中を歩きながら、私はまた泣いた。

早坂は、私のメッセージに気づいてくれたのだろうか。三本のガーベラのネイル。春奈も言っていたように、鈍感なやつだから、きっと気づいていないだろう。でも、それならそれでもよかった。

むしろ、そっちの方がいいような気もする。

家に着いてからも、私の涙が止まることはなかった。

早坂の葬儀には、たくさんの人が訪れた。

春奈の葬儀のときよりも、大勢の人が早坂に最後の別れをしに来ていた。

早坂の遺影は、彼が高校生のときに撮られたものだろうか。あどけないその笑顔は、どこか幼さを感じさせた。

顔色もよく、曇りのない笑顔から察するに、それはまだ健康だった頃の早坂なのかもしれない。

「あ、三浦さん。こんにちは」

「あ、藤本さん」

早坂の幼馴染の藤本絵里だ。少しやつれているように見えた。もうひとりの幼馴染の村井翔太も、心なしか痩せたような気がした。

早坂の父親は悄然として俯き、涙を堪えているようだった。

母親と妹は、憔悴しきっていた。

私と早坂が通っていた高校の生徒も、何人か来ている。名前は忘れたけれど、眼鏡をくいっと押し上げながら泣いている男もいた。

私は最後まで涙を堪えて、早坂を見送った。

早坂が亡くなってから、ちょうど一年が経った。

私は無事就職も決まり、来年の春からは晴れてネイリストだ。

早坂の妹や藤本絵里も私が働く店に来てくれると言っていた。

それからつい先月、私は拓也に告白をされた。

「いろんな女と遊んだけど、綾香が一番いい女だった。俺と付き合ってくれ」

当然断った。拓也が付き合ってくれと言い終わる前に、食い気味に無理と言ってやった。

その後もしつこく言い寄ってきたり、私のバイト先にまで現れたので、顔に思いっきりビンタをして着信拒否もした。

少しやりすぎたかなと思ったけれど、それ以来彼は姿を消したので、どうせならもう一発食らわせればよかったかなと思った。

きっといつか、私にも運命の人が現れる。

春奈と早坂がしていた美しい恋に負けないくらいの、素敵な恋がきっとできる。私はそう信じて、毎日を生きている。

下ばっかり向いていたら、春奈に心配をかけてしまう。早坂に笑われてしまう。

今を生きている私は、前に進まなくてはならない。希望を持って、生き続けなくてはならない。あの美しい花のように。

早坂の命日に、私は朝早く彼の墓を参った。もちろん、ガーベラの花を六本持っていく。

ここに来る前、私は行きつけのあの花屋へ向かった。

「あらガーベラちゃんじゃない。いつもありがとね」

おばさんはいつもの優しい笑顔でそう言った。

私はガーベラを三本手に取る。少し迷って、やっぱり六本にした。三本だと春奈に怒られるかな、と思った。

代金を支払い店を出ようとすると、おばさんが「あ、そうそう」と私を呼び止める。

「ガーベラくんに、またいつでもいらっしゃい、って言っておいてくれる？」

穏やかな表情でそう言ったおばさんに、「……わかりました。伝えておきます」と答えた。

早坂のお墓は、まだ建てられたばかりのように綺麗に保たれていた。頻繁に彼の家族や幼馴染たちが訪れているのだろうか、光沢のある墓石は朝日に照らされ、キラキラと輝いている。

花立てに左右三本ずつガーベラを挿し、線香に火を点け拝んだ。

きっとこのあと、彼の家族や幼馴染たちが来るだろう。私は足早に墓地をあとにした。

早坂の、大切な家族や友人たちとの再会を邪魔したくなかった。

家に帰り、久しぶりに春奈のブログを開いた。

あれから何回、いや何十回と春奈が書いた記事を読んだ。そのたびに私は、涙を流していた。

　この日もひととおり記事を読んで、いつものように鍵のかかった記事のパスワードに挑戦する。何度試しても、私は中には入れない。

　春奈の誕生日や私の誕生日、春奈がパスワードに設定しそうな数字を、片っ端から入力してみたけれどだめだった。

　が、今日もしかして、と思った数字があり、試しにその数字を入力してみる。

　私の勘は当たった。パスワードが解除され、そこには私の知らないその日の出来事が綴られていた。


『十一月五日。晴れ。体調悪い。

　今日わたしは、秋人くんの秘密を知ってしまった。

　午後から検査があるので一階に下りたら、秋人くんがいた。別の検査室から出てきたところだった。わたしのお母さんも一緒にいて、深刻そうになにか話してた。

　そのあとお母さんを問い詰めたら、全部話してくれた。秋人くん、心臓の病気で、もうすぐ死んじゃうかもしれないんだって。

　信じられなかった。

　秋人くん、わたしに心配かけないようにずっと黙ってたんだって。花火大会の日も、秋人くん入院してたみたい。隠さなくていいから、話してほしかったな。

　わたしだけじゃなくて、秋人くんも辛かったんだ。辛かったのに、辛いはずなのに秋人くんは毎日のようにわたしに会いにきてくれた。

秋人くんは自分に残された時間を、全部わたしのために使ってくれた。

本当は病気なのに、健康なふりをしてわたしを励まし続けてくれていた。そう思ったら、涙が止まらなかった。

わたしなんかのために、ごめんね。

わたしはどうしたらいいんだろう。

このまま知らないふりをして、秋人くんには黙ってた方がいいのかな……。きっとわたしには知られたくないから言わなかったんだよね。

どうしたらいいのか、どうすればいいのか、わからない。

わからないけど、わたしは秋人くんを支えてあげたい。

でも、秋人くんが死んじゃうところは見たくないから、先に死ねるといいな……。

わたしが先に死んで、天国から秋人くんを見守ろう。うん、そうしよう』

思っていたとおり、春奈は早坂の病気のことを知っていた。あの日春奈が泣いていた理由は、やっぱりこれだったのだ。春奈の気持ちを考えると、ぎゅっと胸が痛んだ。

画面の下に、追記という文字が見える。

『(追記。十一月十八日、二十時五八分)

もし生まれ変わったら、わたしはガーベラになりたい。色は何色がいいかな。赤やピンク、オレンジに黄色。どれも綺麗だけど、やっぱり『希望』の白がいいな。ガーベラの花は、春と秋に咲くとお母さんが言ってた。わたしは春に咲くガーベラになって、お花屋さんに出荷されて、綾ちゃんがわたしを手に取ってくれて、そして秋人くんの病室に飾られて、秋人くんを見守りたい。

何日経っても枯れずに、ずっと秋人くんを見守っていたい。

枯れずにいたら、いつまでも秋人くんと一緒にいられる。

ガーベラに生まれ変われたらいいなあ』

春奈のかわいらしい願望に、思わず頬が緩む。

これを読んだ早坂は、どう思ったのだろうか。この記事には、二件のコメントが書かれていた。

私は画面をスクロールしていく。

『やっとこの記事にたどり着けたよ。まさかパスワードが俺の誕生日だったとは驚いた。病気のこと、ずっと黙っててごめん。春奈に知られていたなんて思わなかった。きっと驚いたよね、悲しませてごめん。

追記も読みました。ガーベラじゃなくて、今度は健康な女の子に生まれ変わって、幸せな人生を送れることを祈ってます。秋人』

早坂のコメントを読み終わると、じんわりと目頭が熱くなった。短命だったけれど、ふたりは幸せだったんだ。

私は一度上を向いて、何度も瞬きをして零れそうな涙を堪える。

もう一件のコメントは、早坂が亡くなる三日前に書かれていた。

私が早坂からこのブログを教えてもらった、あの日だ。

私はさらに画面をスクロールした。

『もうすぐ、春奈のところへ行くことになるかもしれません。半分怖いけど、もう半分は楽しみでもあります。

春奈のおかげで、余命一年と言われた日から三年も生きられました。春奈、本当にありがとう。

それからこのブログのことを、三浦さんに教えました。誰にも教えないつもりだったけど、三浦さんならいいよね。

そういえばさっき目を覚ましたら、爪に三本のガーベラが落書きされてました。たぶん三浦さんの仕業です。

三浦さん、三本のガーベラの意味を知らないはずだから、今度会ったら意味を教えて、からかってやろうと思います（笑）　秋人』

「知ってるよ、馬鹿」

読み終えて思わず心の声が漏れた。同時に、涙が一粒零れ落ちた。

拭っても拭っても、涙はぼろぼろと零れて止まらない。携帯を胸に抱き、私は静かに泣いた。

本当に早坂は、馬鹿だ。でも、きっとこれでよかったんだ。私の気持ちは届かなかったけれど、これでいい。強がりなんかじゃなく、本当にそう思った。

袖で涙を拭い、私も初めて春奈のブログにコメントを残すことにした。


『早坂は最後まで馬鹿でした。でも、早坂のおかげで救われたこともいっぱいあります。ゆっくり休んでください。

春奈、早坂とそっちで会えたかな。もしかしたら早坂は天国に行けてないかもしれないけど（笑）

でももし会えたら、ふたりともそっちで幸せになってください。

もう期限なんてないんだから、思う存分恋をしてください。

天国は、どんなところなのかな。

私も何年か、何十年かしたらそっちへ行くと思います。

そのときは、また三人で楽しくお喋りしよう。あの狭い病室ではなくて、広くて綺麗な景色を眺めながら、また三人で笑い合いたいです。

その日まで、私はふたりの分まで精一杯生きます。ふたりがいなくなった世界で、悔いのない人生を送ります。

春奈、早坂、今まで本当にありがとう。私は絶対、あなたたちが生きていたということを忘れません。

おやすみなさい。　綾香』

さよならは言いたくなかった。だから、おやすみなさいと締めくくった。

締まらなかったかな、と少し後悔したけれど、まあいいかと私は書きこみボタンを押す。

ふたりに届いただろうか。――きっと、届いてる。

私はカーテンを開け、窓の外を眺めた。真っ白い雪が、優しく舞うように降っている。

はらはらと美しく舞い落ちる雪を見ていると、涙が一粒零れ落ちた。

馬鹿みたいだけど、ふたりがおやすみなさいと言ってくれてるのかな、と私は思った。

あとがき

初めまして。森田碧《もりたあお》と申します。

読んでくださってありがとうございます。これがデビュー作になります。

僕が初めて小説を書いたのは二〇一八年九月。それまで小説を読んだことがなく、まさにゼロからのスタートでした。

なんとなく本屋に立ち寄り、なんとなく手に取った小説を読んで心を揺さぶられ、僕もこんな小説が書きたい、と思ったのがきっかけでした。

当時僕の住む北海道では大地震が発生し、ブラックアウト（北海道全域での大停電）が起こりました。

自宅に食料がなかったため、すぐにコンビニに走りましたが時すでに遅し。買えたのはポテチとグミ、ぬるいスポーツドリンクだけでした。

仕事が休みになったので昼は小説を読んで勉強し、夜は車の中でスマホを充電しながら、奇跡的に手に入れた食パンを齧りつつ小説を書いていました。まさか約二年後にデビューすることになるとは、そのときはまったく想像もしていませんでした。

本作を書き終えたとき、正直手応えがありました。これはいける、と確信して新人賞に応募しましたが、落選しました。

その後改稿を重ね、某賞の最終選考に残ることができましたが受賞には至らず、諦めかけていたときに今回のお話をいただきました。


ここで謝辞を。

担当編集者の末吉様、鈴木様。粗削りで不完全なこの作品を、的確な指摘や添削でよりよいものにしてくださいました。

表紙のイラストを描いてくださった飴村《あめむら》様。ラフ画を初めて見たとき、感動してスマホに保存し、毎日のように眺めていました。

ほかにも校閲の方や営業の方、この作品に携わってくださったすべての方に、心より感謝を申し上げます。

僕の大好きな漫画、ワンピースの主人公のルフィは「おれは助けてもらわねェと生きていけねェ自信がある!!!」という名言をアーロン編で残しています。

僕もルフィと同じです。あのようなすばらしいイラストは描けませんし、編集だってできません。

僕にできることは、物語を書くことだけです。それしかできません。

そんな不器用な作者を支えてくださり、たくさんの方々に助けてもらいながら本作は完成しました。

このデビュー作はそんな凄い人たちのおかげで、僕にとってかけがえのない、大切な作品になりました。

皆様にとっても、大切な一冊になりますように。

本書はフィクションであり、実在の人物および団体とは関係がありません。

余命《よめい》一年《いちねん》と宣告《せんこく》された僕《ぼく》が、余命《よめい》半年《はんとし》の君《きみ》と出会《であ》った話《はなし》

森田碧《もりたあお》

2021年1月5日初版発行
2024年5月15日第23刷

発行者……………加藤裕樹
発行所……………株式会社ポプラ社
〒141-8210 東京都品川区西五反田3-5-8
JR目黒MARCビル12階

フォーマットデザイン 荻窪裕司(design clopper)
組版・校閲 株式会社鷗来堂
印刷・製本 中央精版印刷株式会社

ポプラ文庫ピュアフル

ホームページ www.poplar.co.jp

N.D.C.913/300p/15cm
ISBN978-4-591-16889-9
P8111305

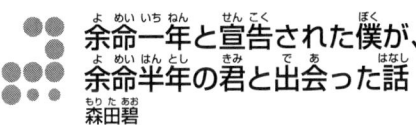

呪いを解くために、偽りの妃として後宮へ――。

顎木あくみ

『宮廷のまじない師
白妃、後宮の闇夜に舞う』

装画：白谷ゆう

白髪に赤い瞳の容姿から鬼子と呼ばれ親に捨てられた過去を持つ李珠華は、街でまじない師見習いとして働いている。ある日、今をときめく皇帝・劉白焔が店にやってきた。珠華の腕を見込んだ白焔は、後宮で起こっている怪異事件の解決と自身にかけられた呪いを解くこと、そのために後宮に入ってほしいと彼女に依頼する。珠華は偽の妃として後宮入りを果たすが、他の妃たちの嫉妬と嫌悪の視線が珠華に突き刺さり……。『わたしの幸せな結婚』著者がおくる、切なくも愛おしい宮廷ロマン譚。